Querido Ex,

CB010379

"Um livro necessário nos dias de hoje. Juan trata com sensibilidade temas ignorados como racismo estrutural, homofobia e dependência emocional. Para chorar, rir e refletir."

Raissa Galvão (@rayneon)

"Juan Jullian tem muita técnica, empatia e sensibilidade para contar histórias relevantes. *Querido ex* não é apenas uma obra de entretenimento, mas uma importante conquista para a representatividade *queer* na literatura."

Thati Machado – autora de *Poder extra G*

"De forma sensível e sincera, Juan surge como uma voz potente, entregando uma história cheia de sentimentos reais e intensos, que saltam do livro e alcançam o leitor."

Vinícius Grossos – autor de *Feitos de Sol*

JUAN JULLIAN

Querido EX,

(QUE ACABOU COM A MINHA SAÚDE MENTAL, FICOU MILIONÁRIO E VIROU UMA SUBCELEBRIDADE)

4ª edição

— **Galera** —

RIO DE JANEIRO

2021

CIP-BRASIL. CATALOGAÇÃO NA PUBLICAÇÃO
SINDICATO NACIONAL DOS EDITORES DE LIVROS, RJ

J91q
4ª ed.

Jullian, Juan
  Querido ex (que acabou com a minha saúde mental, ficou milionário e virou uma subcelebridade) / Juan Jullian; – 4ª ed. – Rio de Janeiro: Galera Record, 2021.

  ISBN 9788501118905

  1. Romance brasileiro. I. Título.

20-63272

CDD: 869.3
CDU: 82-31(81)

Meri Gleice Rodrigues de Souza – Bibliotecária CRB-7/6439

Copyright © Juan Julian, 2020
Ilustração de capa: Vitor Martins

Todos os direitos reservados. Proibida a reprodução, no todo ou em parte, através de quaisquer meios. Os direitos morais do autor foram assegurados.

Texto revisado segundo o novo Acordo Ortográfico da Língua Portuguesa.

Direitos desta edição adquiridos pela
EDITORA RECORD LTDA.
Rua Argentina, 171 – Rio de Janeiro, RJ – 20921-380 – Tel.: (21) 2585-2000.

Impresso no Brasil

ISBN 9788501118905

Seja um leitor preferencial Record
Cadastre-se no site www.record.com.br
e receba informações sobre nossos
lançamentos e nossas promoções.

Atendimento e venda direta ao leitor
sac@record.com.br

Para minha avó Georgete,

que, aos 75 anos, aprendeu a ler.

Nós aceitamos o amor que achamos que merecemos.
— Stephen Chbosky, *As vantagens de ser invisível*

Rio de Janeiro,
10 de março de 2018

You ask me for a place to sleep
Locked me out and threw a feast.
The world moves on, another day, another drama

"Look What You Made me Do" — Taylor Swift

Querido ex,

Sim, é por essa singela alcunha que te chamarei hoje, amanhã e mesmo após a minha morte. Seu nome é menos digno de ser pronunciado do que o do assassino dos pais do Harry Potter; ecoar as letras que o formam é equivalente a beber um copo do chorume deixado por caminhões de lixo após duas semanas de greve de coleta no Rio de Janeiro. Não, obrigado. Já botei muita coisa com gosto duvidoso na boca enquanto fui seu namorado.

Não sei se você vai ler estas cartas, se vai rasgar o envelope quando vir o meu nome no remetente ou se vai recitá-las em voz alta enquanto ri da minha cara com seus amigos e seu novo namorado. Mas quer saber? Foda-se!

Passei dois anos tentando me encaixar em você, na sua vida, nos seus planos, nos seus desejos, e do que adiantou? Como diria Selena Gomez: "Você saiu em paz, mas me deixou em pedaços." Você tem esse corpo novo (mas crossfit é problema de saúde pública, tá, querido? Espero o dia em que sua lombar vai começar a gritar por ajuda), esse namorado novo que parece saído das páginas de uma revista masculina e 5,8 milhões de seguidores no Instagram que aparentemente te tratam como se você fosse o oitavo membro do BTS.

E eu? Que merda eu tenho? Eu ainda estou aqui, cursando Macroeconomia pela terceira vez nessa graduação interminável, morando no mesmo lugar, desempenhando todos os dias a mesma rotina: casa, faculdade, estágio, cama, casa, faculdade, estágio, cama. A coisa mais inusitada que acontece é quando o motorista do ônibus, enfezado com o calor escaldante do Rio de Janeiro, começa a bater boca com algum passageiro que quer descer antes do ponto. Seja bem-vindo ao conto de fadas do garoto carioca pós-moderno.

Escrever estas cartas é tudo que me resta. Colocar nossa história no papel é minha última tentativa de superar tudo o que passou, de deixar para trás você por inteiro. Deixar para trás as memórias boas, as ruins, a saudade, a mágoa e a melancolia que me perseguem toda vez que pego escondido o celular da minha mãe pra ver suas novas postagens no Instagram.

A Luciana (sim, a mesma psicóloga que você disse que era um desperdício de dinheiro) me contou que, quando quebramos nossas expectativas, quando nos frustramos e perdemos algo importante, devemos passar pelo luto. E não importa se o luto for por causa de morte, término ou reprovação em alguma cadeira da faculdade. Segundo ela, o processo geralmente tem cinco fases: negação, raiva, barganha, depressão e aceitação. Aparentemente, ainda estou preso na segunda.

Eu tentei parar de pensar em você, parar de pensar em nós, parar de sentir. Mas nesses meses sozinho eu corri uma maratona sem nunca sair do lugar. Estou exausto, estagnado. Preciso me libertar dessa gaiola. Você alcançou as estrelas, e eu me acomodei no purgatório.

Só que hoje não, hoje não quero, ou talvez não consiga, sair daqui. Por ora, tudo que sou capaz de fazer é assumir que ainda me importo. Ainda estou aqui. É mais uma noite quente, nesta cidade quente onde nada é silencioso, e estou usando aquela sua camisa do *Meu amigo Totoro* que preserva o seu cheiro ao amanhecer embaixo das mangas.

Meu quarto me engole com o bafo desse verão úmido, que transforma qualquer cômodo em uma estufa, enquanto escrevo com os olhos marejados por lágrimas oriundas da decepção de ter testemunhado o fim de tudo o que a gente poderia ter sido. Lágrimas por saber que a pessoa com quem eu compartilhei minha vida, minha família, meus amigos e meu corpo é hoje um estranho. Lágrimas por um dia ter acreditado que você era bom demais pra alguém como eu.

Eu preciso lembrar a mim mesmo, e agora digo isso para você:

Você não merece as minhas lágrimas, meu querido ex.

Rio de Janeiro, 19 de março de 2018

Eu vou
Clarificar a minha voz gritando: nada mais de nós!
Mando meu bando anunciar:
Vou me livrar de você.

"Não enche" — Caetano Veloso

Querido ex,

Hoje almocei com a Aline, lembra dela? Sua ex-amiga (aparentemente esse é um prefixo que sempre te acompanha) que parou de falar com você depois de descobrir que era xingada pelo seu grupinho de *boçais*? A que tem uma Pequena Sereia tatuada nas costas e, por conta disso, ganhou uma montagem do seu infame squad com o rosto colado no corpo de uma Ariel obesa? Sim, ela mesma.

Aline vai muito bem. Sim, ela mudou, mas felizmente continua a mesma. Está usando um corte chanel com mechas coloridas que fazem com que seu cabelo, originalmente preto, pareça um caleidoscópio, e trocou aqueles vestidos quadradões de cores opacas por calças skinny e blusas com comentários irônicos. Nos encontramos na correria entre o fim da aula e o início do trabalho. Estar com ela foi o momento mais agradável do meu dia.

Andar ao lado da Aline é como ser um daqueles amigos de celebridades que aparecem desfocados nas notícias de uma revista barata de fofoca. Parece que nos poucos meses em que não nos vimos ela adquiriu um magnetismo solar.

Ela atrai todos os olhares, como se fosse o sol, iluminando planetas e satélites sem luz própria no universo do bandejão da faculdade, esbanjando autoconfiança e um sentimento de conforto consigo mesma que eu gostaria de poder vestir. A despeito dos seus comentários sobre ela estar atrasada na faculdade e da profecia que você fez de que ela nunca iria se formar, Aline conseguiu uma bolsa de mestrado em Portugal e vai se mudar para Lisboa daqui a dois meses. Vai estudar escrita criativa, realizar seu sonho de infância de desbravar terras europeias e escrever fantasia infantojuvenil. Uma J.K. Rowling tupiniquim.

Eu ri ao me tocar de que essa foi a primeira vez que estive com ela sem ter você ao meu lado, e isso me fez perceber quão cego eu fui por precisar das suas lentes para ver o mundo. Eu via a Aline, assim como via todos os indivíduos que passavam pelo meu caminho, através dos seus olhos. E sabe qual é a pior parte disso? VOCÊ É MÍOPE, QUERIDO!

Sua visão é completamente distorcida pelos seus preconceitos, você não é sequer capaz de ver que, na verdade, é só mais um *biscoiteiro* esquerdomacho disfarçado de ativista. ATIVISTA DE TELÃO, ISSO, SIM. Do que adianta fazer a Taylor Swift e ir toda segunda-feira em hospital visitar criança com aquela ONG se não perde a oportunidade de fazer um comentário gordofóbico e machista sobre a sua amiga? Sua própria amiga! De que adianta falar sobre direitos LGBTQ+, passar seus dias enfiado no coletivo de uma faculdade que você nem frequenta mais e pegar minha mão no shopping como um "ato político", quando depois de cada briga você deixava subentendido que era bonito demais pra mim? Que as pessoas estranhavam a gente como casal, já que você era quase uma versão brasileira do Jake Gyllenhaal?

Preciso te dizer mais uma coisa. Agora que joguei suas lentes no lixo e comprei os meus próprios óculos (e são tão fabulosos quanto os do RuPaul no "The Library is open"), eu vejo você pelo que realmente é.

Toda vez que perdia a linha com o álcool, você não hesitava em perguntar para algum amigo se a gente combinava, se nós tínhamos o "mesmo nível de beleza", mostrando para quem quisesse ver que, apesar de tentar reforçar sua maturidade apontando falhas e mais falhas em mim, na Aline e em todas as pessoas que te orbitavam, seu cerne é tão infantil quanto o meu gosto musical.

E por que será que você se preocupava tanto com a impressão alheia sobre nossa imagem? Por eu ser preto e ter um cabelo maravilhosamente crespo, enquanto você ostenta sua pele pálida, um corpo magro, definido pelas horas diárias de crossfit, e cachos dourados hidratados com aqueles cremes de embalagem colorida, que custam um terço da minha bolsa de estágio?! Eu deveria ser humildemente grato por um príncipe gay da Disney de calça cáqui e camisetas floridas amar um preto "exótico" e com um duvidoso senso estético como eu?

Por muito tempo esses seus comentários me feriram. Eu não sabia ainda o porquê, mas queria mudar. Ao seu lado, eu precisava mudar. Queria me sentir ideal para você. Você causava em mim uma perturbadora mistura de autoaceitação com repulsa que criava uma névoa, tornando muito mais difícil enxergar seu preconceito disfarçado de observação. Ao mesmo tempo que aos seus olhos eu me via mais corajoso, inteligente e original, eu também tinha a necessidade de me engajar em uma cruzada desesperada para ficar mais bonito; para estar à sua altura; para me encaixar nos moldes de um padrão que não foi feito para as minhas medidas. Um padrão que não foi feito para a minha cor.

E é com dor no peito que eu te digo que hoje entendo que essa busca pela beleza era uma busca por embranquecimento. Era uma busca por ser mais parecido com você. Era uma busca por ser mais branco e, assim, mais belo.

Não mais, muito obrigado.

Eu me recuso a passar uma máquina zero para esconder toda a personalidade e rebeldia do meu cabelo. Eu nunca mais vou virar a noite pesquisando sobre rinoplastia ou procurando colericamente qual filtro do Instagram deixaria minha pele mais branca nas fotos em que eu estava ao seu lado.

Ah, e como se não bastasse o seu evidente incômodo com a cor da minha pele, as medidas, minhas e de todo mundo, também te perturbavam. Seus comentários nada sutis depois do sexo sobre como deveríamos "começar academia logo", suas piadas com a Aline, como se só porque ela é gorda não pudesse também ser fabulosa, e seu desdém irônico pela Lena Dunham e Amy Schumer jogavam isso praticamente todos os dias na minha cara. Eu me recusava a notar. Suas palavras para os outros eram tão bonitas que aquelas percepções só podiam ser coisas da minha cabeça devaneante. Era só uma brincadeirinha. Uma piada. O mundo anda tão chato, né? Que mal faz mais uma piadinha?

Mas a piada aqui, agora, é você.

Até porque seu oportunismo é risível. Você basicamente ganhou uma legião de seguidores se promovendo como defensor dos Direitos Humanos e ativista LGBTQ+ desde que apareceu naquele reality show. Eu não consigo deixar de imaginar o que todas essas pessoas que te seguem, aplaudindo qualquer coisa que você fala, pensariam sobre essas ignorâncias que você sempre despejou pelo lixão fétido que é sua boca.

Não, não se preocupe, isso não é uma ameaça. Não vou sair por aí dizendo que o terceiro colocado do *Confinados* que se acha o próximo Jean Wyllys é um grande babaca, nem vou no programa da Luciana Gimenez mostrar para o Brasil a sua verdadeira cara. Mas quero deixar claro que agora eu sei. Agora eu vejo.

E, grave uma coisa, uma coisa que eu deveria ter te falado há muito tempo, mas que só agora eu descobri: você não é bom demais para mim. Eu que fui bom demais para você. Alguém com as suas medidas de caráter nunca me coube e nunca me caberá.

Pelo menos até que você seja capaz de fazer uma cirurgia nesses seus olhos tão adoecidos.

Rio de Janeiro,
24 de março de 2018

> *But on a Wednesday in a café*
> *I watched it begin again*
>
> "Begin again" — Taylor Swift

Querido ex,

Não tenho a pretensão de algum dia receber respostas por estas cartas. Na verdade, nem sequer sei se você chegará a recebê--las, uma vez que esta será a primeira vez em toda a minha vida que vou precisar ir até o correio. Isso quer dizer que eu posso facilmente confundir remetente com destinatário e acabar mandando estas cartas para, sei lá, eu mesmo. Porém, sei que o mais provável é que, depois das palavras que eu despejei na primeira carta você realmente não tenha vontade alguma de me escrever.

Não posso sonhar com uma resposta. Preciso me lembrar de que essas cartas são para mim, e não para você.

Hoje fui com as meninas no centro da cidade procurar fantasias para o aniversário da Larissa. A comemoração vai ser uma viagem para a casa dos tios dela em Saquarema. Larissa provavelmente é uma das minhas únicas amigas que ainda gosta muito de você, então o senhor obviamente foi pauta da conversa.

Assim como eu, ela ainda não acredita no que aconteceu com sua vida nesses últimos três meses. Mas a filha da mãe teve a pachorra de me contar que votou ensandecidamente para que você não fosse eliminado do reality. Posso até imaginar você abrindo um sorriso ao ler isso.

Enfim, a despeito da deslealdade da minha amiga, não consegui deixar de lembrar de nós dois. Principalmente quando passamos em frente à confeitaria Colombo.

O aroma do café em meio à confusão de pessoas caminhando pela rua Gonçalves Dias, logo após o fim do expediente de todos aqueles prédios comerciais plantados no coração do centro; aquela multidão de gente emburrada e suada, vestida em tons sóbrios e se aninhando no portal daquela confeitaria que é quase um teletransporte para um refúgio do século XIX, me transportaram até um outro dia não tão distante assim.

Elas me transportaram para aquele cinza e molhado no início de setembro, quando tivemos nosso primeiro encontro de verdade.

Não sei se você recorda direitinho, provavelmente não, já que agora sua cabeça só tem espaço para presenças VIP e entrevistas, mas foi exatamente em uma quarta-feira e em um café, do jeitinho que canta a música mais doce da Taylor Swift, que nos encontramos pela primeira vez.

Foi um novo início para mim ao seu lado, até porque não foi ali que a nossa história começou, não é mesmo?

Começou naquele dia dos pais de 2016 quando você me chamou para passar a tarde na casa de sua avó. Lembra que ela chegou sem avisar e quase me viu pagando um boquete para você?

Então, esse famigerado dia guarda uma história que você não conhece.

Eu vinha de semanas e semanas de muito choro, insônia e caos no antigo relacionamento. Um namoro tão breve quanto caótico que, embora tivesse acabado, ainda estava dentro de mim, como você bem sabia. Minha autoestima estava no lixo, coberta por mijo de cachorro e fezes de rato.

Você iluminou aquela tarde, e, naquele dia, as coisas na minha vida começaram a mudar. As gargalhadas exageradas faziam as janelas retumbarem e eu me perdia nos seus olhos gigantes quando acidentalmente te encarava. Foi a primeira vez que testemunhei, de fato, esse seu poder de fazer com que a gente se sinta bem com o que somos. De nos tornar conscientes das nossas qualidades. E não falo só de mim, porque aparentemente foi isso que te garantiu essa legião de seguidores.

Eu gostaria de lembrar as palavras exatas que saíram da sua boca enquanto caía a noite e o riso era substituído pelo tom quase sussurrado das nossas conversas. Foi um diálogo que parecia ter saído de um romance do século passado. Tão deliciosamente brega e datado que arrepiou todos os meus pelos. Era algo como "Eu queria ser um espelho para que você se visse do jeito que estou te vendo. Você está desabrochando para o mundo e, por mais que doa agora, o resultado vai ser a coisa mais bela que eu já vi em todos os milhares de dias que já andei por este planeta. E olha que já conheci os quatro continentes".

Poderia ser uma passagem gay da Bíblia. E, depois, quando não encontrei palavras para te responder, você falou para eu botar minha cabeça no seu colo e a noite fria ficou quente. Enquanto a gente assistia a *Sense8*, eu te beijei. Primeiro calmo e lentamente, sem língua, somente um lábio desvendando a configuração do outro. Em seguida, a fúria, a fome, as línguas em dupla penetração em bocas que já não conheciam seu dono. Eu desabrochei.

Você me despertou. E eu queria mais. Queria sentir cada parte do seu corpo, queria me deixar curar por cada segundo ao seu lado, e se sua avó não tivesse aparecido eu teria tido você dentro de mim ali, naquele sofá, pela primeira vez.

Mas você estava lá. E, assim como eu, você se lembra muito bem de tudo que aconteceu. O que você não testemunhou foi eu saindo do seu apartamento com a força para fazer algo que eu vinha postergando por muito tempo. Você não me viu pegando um ônibus que não me levaria para casa. Não me viu aparecendo com ombros erguidos, sem nenhum aviso, na porta daquele que veio antes de você. Você não me viu finalmente cortando a teia em que eu me enfiei com ele (sem saber que, quase dois anos depois, iria me emaranhar em outra teia bem similar).

Naquela noite eu terminei tudo. Foi o último dia em que eu o vi. Foi o dia em que eu "enterrei aquele cavalo no chão", como diria a Florence no maior hino de deprê/superação já escrito. Em tempos em que o empoderamento é pop, me dói admitir que eu não teria a coragem necessária para fazer aquilo se você não tivesse aparecido.

Todas as vezes em que ensaiei te contar sobre essa noite, minhas mãos tremiam e outro episódio vinha à tona. Eu não questionava essas reticências, com o tempo eu mesmo fui me esquecendo, só que no fundo aquele dia nunca saiu da minha cabeça. Agora, no entanto, o cheiro do café salienta as cores dessa memória, e eu preciso te agradecer por, mesmo antes de começarmos a nos descobrir por inteiro, você ter iluminado a minha história.

Mas o tempo apaga, escreve e reescreve. Hoje já não sou aquele menino encolhido no seu sofá. Finalmente entendo que eu não deveria ter sido a criança que, aprendendo a andar, cambaleia de um lado para outro, dos braços do pai para os da mãe (ou para os do outro pai, já que sou um millennial pós-moderno e preciso ser inclusivo em tudo que escrevo).

Eu deveria ter respeitado meu tempo. Deveria ter crescido antes de engatinhar até você. Deveria ter encarado o meu luto, curado minhas feridas e enfrentado os meus demônios antes de desbravar um novo amor. E também antes de afogá-lo com esse mar de questões que ainda não tinham sido resolvidas, que ainda não foram resolvidas, dentro de mim.

Bem, de nada adianta lamentar ou imaginar como teria sido nossa história se eu tivesse feito as coisas de maneira diferente. Não tenho um vira-tempo ou um Delorean, e também não tenho que exigir nada do menino que eu era há quase dois anos. Aquele menino que, depois do primeiro beijo, pensava em você no ônibus, na faculdade, em casa, na psicóloga, nas sociais de *Game of Thrones*... O menino que precisava te ver de novo e de novo. Meus dias eram resumidos em ansiar pelo verão que sua presença trazia para mim.

Então veio a sua pergunta. Veio o meu sim. E veio aquela quarta-feira. Veio o café na Colombo. Veio o segundo beijo. Veio todo o resto.

Você, o ventinho gostoso que eu pegava no rosto dentro do ônibus a caminho da faculdade. Eu, um personagem de comédia romântica hétero dos anos 2000, que chora de alegria no meio da chuva depois de conquistar um beijo do crush. A vida, um grande jardim com cores e possibilidades infinitas em cada flor, em cada folha, em cada animal.

Cada momento ao seu lado era uma página de um livro novo de Harry Potter que mais ninguém no mundo tinha o privilégio de acesso. E quando fomos na caminhada para apoiar a primeira candidatura de um homem gay à presidência, eu só conseguia pensar em como era bom sentir a sua mão na minha e em como o cheiro de café do seu perfume me deixava aconchegado.

Eu só queria ficar mais tempo do seu lado e todos aqueles shows, filmes, palestras e maratonas de série eram uma desculpa manufaturada para desfrutar da atração principal dos meus dias. Naqueles primeiros meses, em que eu ainda não te chamava de namorado, eu brilhei.

Agora cai a tarde e eu volto para o escuro. Estou esperando o crepúsculo do dia seguinte nesta mesma cidade, neste mesmo bairro, nesta mesma casa, neste mesmo quarto. Meus olhos cansados estão surpreendidos pelo sorriso bobo que me vem à boca ao recordar do amanhecer da nossa história.

O mesmo sorriso que me assaltou na tarde de hoje enquanto eu tomava, sozinho, a nossa xícara do Café Colombo.

Rio de Janeiro,
2 de abril de 2018

Send my love to your new lover
Treat her better.

"Send My Love (To Your New Lover)" — Adele

Querido ex,

Acabo de ver no Instagram do seu mais novo amigo Hugo Gloss que você e seu namoradinho do reality estão noivos. Noivos!

Puta que pariu, VOCÊ TÁ NOIVO!

Bela aliança, parece muito cara, foi o quê?! Permuta? Publi post com joalheria? Quem serão os padrinhos? Seus novos amigos globais ou a sua panelinha do confinamento? A lua de mel vai ser onde? Ilha de Caras? E depois? Vão adotar um bebê "etnicamente diverso" do Malawi?

Eu tenho plena consciência de que se eu fosse um pouquinho mais equilibrado ou tivesse respeito próprio poderia parar por aqui e fingir que estou muito feliz por vocês e que não dou a mínima. Obviamente não consigo. Eu sou uma Adele e não uma Rihanna. Sou uma Sansa e não uma Arya. Meus nervos entram em ebulição toda vez que vejo esse seu sorriso comprado refletindo louros que você não é digno de portar. O sabugo das minhas unhas é a proteína do meu café da manhã.

Também não consigo deixar de pensar que ficamos um ano e meio juntos e tudo que recebi foi uma festa surpresa e um box de *Game of Thrones* e, em três meses confinado dentro da casa mais vigiada do Brasil com um carinha bi (logo você, que falava que bissexualidade não existia, lembra disso?), você já fica noivo?

Vai pagar a festa de casamento com divulgação? Bolo, docinho e o salão vão ser mimos entre os seus recebidos? Você nunca foi burro, e se juntar com o seu parceiro do reality antes que vocês sejam esquecidos é realmente uma jogada de mestre, apesar de nada original, afinal, quantos casais já fizeram o mesmo antes? Quantos continuam sendo relevantes no dia a dia de qualquer brasileiro? Isso mesmo, resposta correta, nenhum.

Já consigo até ver a postagem nesses sites de fofoca voltados para o público LGBTQ+, com design em cores berrantes e piadas prontas: "UAU, estamos morrendo de amores com as fotos do casamento mais fofo do ano. Eles foram feitos um para o outro, é ou não é?" Espero que a atenção que você vai receber compense o casório, tem mesmo que aproveitar a fama antes de se tornar mais um iludido e frustrado pelo doce gostinho dos quinze minutos.

E esse pedido em flash mob? Pai do Céu, estamos em 2010, por acaso? Nem pra escolher a música você teve criatividade. Banda do Mar era a NOSSA banda, e reciclar a NOSSA canção de casal para pedir seu novo namorado em casamento, no meio da avenida das Américas com um CORAL GOSPEL vestido dos pés à cabeça com as cores do arco-íris é o auge da canalhice (e da *breguice* também).

Se naquela noite em que você me pediu em namoro eu soubesse que todo o seu romance é pasteurizado, se eu não estivesse tão abobalhado ou se eu calhasse de ter uma irmã mais velha com poderes de gelo que não me deixasse cair nas suas garras e me impedisse de aceitar aquele pedido.

Ou melhor, se você tivesse feito um flash mob ridículo em vez de me levar naquele restaurante japonês com o cardápio mais caro que eu já tinha visto na vida; se você não tivesse deslizado, de mesa em mesa, exigindo o arranjo de flores coloridas que estavam nos pequenos jarros circulares de vidro esverdeado; se você não tivesse juntado todo aquele arco-íris floral em um grande buquê improvisado, se você não tivesse ajoelhado como um príncipe em um clipe da Taylor Swift e me pedido em namoro, talvez eu tivesse alguma chance de não aceitar. Mas eu aceitei. Foi a coisa mais genuína e espontânea que eu já tinha visto e, com os olhos cheios de lágrimas por finalmente ter entendido o que era o calor na alma que a gente veio a chamar de amor, eu aceitei. Nenhum "talvez" passou pela minha cabeça naquela hora. Eu aceitei.

Agora, vendo a foto de vocês dois em uma praia que parece uma montagem de Photoshop, com o enquadramento perfeito do iPhone, felizes com seus dentes artificialmente clareados, a cor da pele brilhando em tons de cenoura e carregando nos dedos essas grossas alianças douradas, sou transportado para a minha pálida, desbotada e anêmica vida amorosa.

Pode me chamar de recalcado. Eu estou recalcado, sim. Afinal, estou escrevendo cartas para o meu ex-namorado, quase milionário, que está noivo de um cara que parece um Godzilla com — ainda mais — esteroides. Se alguém neste Brasil está recalcado, esse alguém sou eu.

Enquanto adquiro olheiras vasculhando memórias e sites de fofoca, as minhas matérias da faculdade se acumulam, as aulas transmutam-se em uma desculpa para ficar rolando o feed do Facebook e o tempo trancado no escritório, para ganhar uma bolsa de seiscentos reais, é somente uma tentativa de pagar os meus pecados aqui na Terra e, quem sabe, conseguir entrar no Paraíso.

Afinal, tenho que correr atrás dos pontos perdidos por gostar de pessoas do mesmo gênero que o meu. Acho que você consegue perceber que minha vida amorosa não está indo nada bem.

Mas ainda me espanta que você consiga seguir em frente assim. Tão fácil, tão simples. Parece até que esqueceu que desgraçou a minha cabeça e pode continuar livre e leve sua jornada pela estrada de tijolos amarelos. O que fez você seguir em frente? Foi o dinheiro? Foi a fama? Acho que se a minha vida mudasse da noite para o dia, eu também não teria problemas para dormir a noite me lembrando do fodido do meu ex.

Não. Independentemente do que viesse a acontecer, eu não conseguiria esquecer.

Mas você esqueceu. Você se esqueceu de todas as vezes que falou que ninguém ia me aturar do jeito que você me aturava. Você se esqueceu de todas as vezes que falou que ninguém além de você iria aguentar as minhas crises de ansiedade. Você se esqueceu de todas as vezes que falou que nenhum outro namorado seria tão paciente ao ponto de ficar um mês sem sexo por causa das minhas questões com meu corpo. Você se esqueceu de todas as vezes que falou que eu não merecia minhas conquistas, não merecia tantos amigos, não merecia ser feliz.

Todas essas palavras e todas as brigas ainda me assombram, e já que nada de extraordinário acontece na minha vida moribunda, eu realmente não sei por quanto tempo mais esses fantasmas vão buscar abrigo em mim.

Só não se esqueça de não ser um babaca com o seu noivo, principalmente quando esses dias dourados começarem a enfer-rujar. Para ser sincero, você parece estar longe de merecer alguém feito ele. Não que isso queira dizer muita coisa. E se dependesse do meu voto ele é que teria ido pra final do reality no seu lugar.

Rio de Janeiro,
20 de abril de 2018

> *Love is no problem*
> *We'll love each other*
> *And make it easy*

"Make it Easy" — Mallu Magalhães

Querido ex,

Meu pai aterrissou hoje aqui em casa. Tinha um tempo que eu não o via. Por causa da greve dos caminhoneiros ele teve uns dias livres e aproveitou para aparecer. Está com uma nova namorada, Sandra, uma moça de cabelos artificialmente loiros e unhas postiças tão grandes que não sei como ela ainda não se machucou com aquilo.

Não que você vá ficar surpreso, mas ela tem metade da idade dele.

Arlindo me perguntou sobre você. Irônico que a primeira vez que ele o faça seja justamente quando você já não está mais aqui. Você sabe que ele é um desses comunistas que ainda acha que estamos todos presos na Guerra Fria ou na Ditadura Militar e por isso não assiste à TV, para "não queimar os neurônios e ter a mente cooptada por toda essa baboseira capitalista". Logo, ele deve ser uma das únicas pessoas nesse país que não sabe que você participou de um reality show, adquiriu oficialmente o status de subcelebridade e um perfil verificado no Instagram.

Contei pra ele que terminamos, e ele disse, naquele tom de voz tão caracteristicamente rouco, refletindo meio século de maços de cigarro inalados, "que pena, ele parecia um bom rapaz e te fazia feliz". Apesar dos potenciais questionamentos acerca do "te fazia feliz", você deve imaginar que ouvir essas palavras ligeiramente envergonhadas saindo da boca dele fizeram meu coração bater em compassos mais exibidos.

Desde aquele primeiro encontro das nossas famílias, quando minhas mães conheceram a sua mãe naquela hamburgueria metida da Barra da Tijuca, você sabia que tinha algo faltando.

Por mais que eu me enganasse dizendo para mim mesmo que não importava se meu pai soubesse ou não sobre nós dois, que eu desse desculpas, como o fato de ele morar em outra cidade ou de nem sequer ter tido ideia do meu último namoro; ou então de ele ser um ogro, que quando eu tinha só dois anos parou de falar com a minha mãe e ameaçou tirar a minha guarda quando ela o deixou pra ficar com uma mulher; por eu não ter a mínima afinidade com um caminhoneiro sindicalista preguiçoso, heterossexual, machista e homotransfóbico. Você sabia. Você me conhecia e você sabia que importava.

O que não sei se você sabe é que só tive aquela conversa com ele, a famosa e temida saída do armário para o pai, porque você estava comigo. Porque você tinha mostrado para mim o poder de publicizar o nosso afeto, a importância de segurar as mãos para todos verem, a liberdade que é para a alma poder ser a versão mais genuína de si mesmo frente a todos, principalmente aqueles que nos são próximos.

28

Para além da filosofia, eu consegui fazer aquilo principalmente porque eu te amava. E me sentia tão amado naqueles primeiros meses que esconder, pra qualquer pessoa, o que estava acontecendo naquele universo lindo e de infinitas possibilidades de felicidade criado inteiramente por nós dois estava acabando comigo.

Eu queria gritar para o mundo o quanto eu estava louco por você, o quanto eu amava seus cachinhos dourados, sua boca de desenho animado, seus olhos de bola de gude e sua pele com gosto de casa. Já que meu pai faz parte daquilo que a gente considera como mundo, não me pareceu justo, mesmo com o extenso histórico de babaquices, continuar privando ele de me conhecer por completo e de, quem sabe, ser um dia capaz de testemunhar quão bonito era aquele nosso amor.

E você também esteve lá para me dar colo. Para fazer tapioca com creme de avelã e maratonar *Drag Race* depois do momento em que ouvi, entre lágrimas torrenciais, que não era mais filho dele.

Você também esteve lá para testemunhar meus olhos marejados de alívio quando ele apareceu lá em casa, dois meses depois, para pedir desculpas e falar que me amava incondicionalmente.

Você já não está mais aqui, nesse dia de céu limpo, para vê-lo falar abertamente sobre o nosso ex-afeto, sobre o nosso ex-amor. Mas sou grato por todos os outros momentos em que você, de fato, esteve.

Obrigado.

Rio de Janeiro,
28 de abril de 2018

> *All they do is copy looks, steal music, too*
> *Want to see what bitches do when they lose the blue-print*
> *I mean the pinkprint, ho, let it sink in.*
>
> "Barbie Tingz" — Nicki Minaj

Querido ex,

Parabéns! Esse momento é seu, não é mesmo? Fama, dinheiro, noivado e agora um programa de televisão! Você contou para alguém que a ideia desse talk show com celebridades e ativistas do meio LGBTQ+ foi completamente chupada do projeto de canal pro YouTube que nós esquematizamos, mas deixamos para trás justamente porque VOSSA EXCELÊNCIA achou "bobo e desprovido de um olhar crítico apurado"?

Agora eu poderia muito bem fazer a Tulla Luana e ir atrás de você com um processinho. Se eu tivesse estabilizado emocionalmente (como se isso fosse possível), eu tenho certeza de que faria isso, mas até a Luciana concordou comigo que é melhor deixar pra lá. Faça bom proveito dessa oportunidade única.

O que não posso deixar de falar é quão revoltante isso tudo é. Desde que eu li essa notícia no intervalo do trabalho, parece que entalei com um bocado de farofa na garganta e sem nenhum copo de água ao meu alcance. Conforme o dia foi passando, meu pescoço apertava, os nós dos dedos eram estalados de minuto a minuto, e minhas unhas, destroçadas pelos meus dentes nervosos. Não sem razão. Afinal, você nunca perdeu uma oportunidade de mostrar o quanto era melhor e mais bem-sucedido que eu, não é? Na época eu achava que eram comentários construtivos, que era você instrumentalizando toda a sua eterna boa vontade e experiência para me ajudar a crescer profissionalmente, já que eu estava (e agora estou mais ainda) completamente perdido nessa faculdade.

Enquanto eu batalhava para conseguir um estágio, enviando desesperadamente currículos para qualquer empresa que estivesse contratando, você, mesmo sendo somente dois anos mais velho que eu, conseguia sua entrada direta no mestrado. E eu fiquei genuinamente feliz. Mas o contrário nunca aconteceu. Você nunca vibrou por mim.

Quando eu consegui aquela bolsa de intercâmbio de um semestre na África do Sul, para meados deste ano, lembra o que você falou? "Isso é perda de tempo e dinheiro. Você tem dificuldade para se organizar e vai acabar se atrasando na faculdade." Quando eu comecei a estudar francês, lembra o que você fez? Você começou a chorar! Disse que o francês era um plano nosso e que eu deveria esperar até você ter tempo pra começar a estudar comigo. E quando meu artigo foi selecionado para aquele seminário, lembra o que você disse? "Você sempre dá sorte." Sorte. Com você era mérito, força de vontade, determinação, manifestação do seu inesgotável talento. Comigo era, na melhor das hipóteses, sorte.

Aos poucos ia se tornando mais difícil não me comparar a você. Você era eloquente sobre suas conquistas. Eloquente sobre os grandes planos dos seus amigos, exaltando que eles seriam grandes tomadores de decisão em nível global, enquanto discorria, em um tom irritantemente paternalista, que a maior preocupação dos meus era descobrir novos memes nos confins da internet e conseguir ingressos para o show da Demi Lovato.

Vou te dizer uma coisa, e acho bom você salientar com marca-texto. Seus amigos podem ser os próximos secretários-gerais das Nações Unidas, os próximos presidentes do país ou os próximos juízes do STF. Isso não muda o fato de que são uma grande manada de babacas. Um bando de padrãozinho que não perde uma oportunidade de rir da cara de alguém que ouse se manifestar no mundo sem ter quadradinhos na barriga, uma tribal no braço esquerdo e o cabelo liso. Aposto que você se destacava como o "diferentão", o "alterna", por ter um namorado preto, não é?

Meus amigos podem ser infantis, desocupados e bobos, assim como eu orgulhosamente sou, mas eles aparecem do meu lado com um pote de sorvete todas as vezes que esboço uma crise e respondem minhas mensagens de texto em menos de três minutos. Ao contrário dos seus, sempre se esforçaram para incluir você no grupo, para te integrar no nosso universo. Nunca te ignoraram na rodinha de conversa ou fizeram comentários pejorativos sobre você pelas costas. Nunca.

Igualmente engraçado e revoltante é agora você roubar a ideia de alguém tão infantil cercado por amigos sem noção e sem perspectiva de vida, como eu.

Aposto que isso você não contou para o seu grupinho ou para os seus produtores, não é?

Testemunhar a sua inerente capacidade de me surpreender com essa completa falta de escrúpulos não tem sido de todo ruim. Hoje eu finalmente me demiti daquele estágio. Imagino o que você me falaria agora. Diria mais uma vez que isso é uma ideia absurda, que não tem por que eu sair de uma empresa que provavelmente vai me efetivar quando eu me formar simplesmente para ficar em casa fazendo nada. Diria que em tempos de crise eu deveria me contentar por, pelo menos, ter um trabalho; diria que dificilmente eu conseguiria algo melhor.

Mas sabe de uma coisa? Eu não tenho que me contentar com a infelicidade. Já me acostumei com ela duas vezes, e isso só me levou para o fundo do poço, bem do ladinho da Samara. É incrível a nossa capacidade de nos adaptar a tudo, inclusive ao que nos faz mal, não é?

Não mais. Você não está mais aqui pra tirar o protagonismo da minha história ou o brilho das minhas conquistas. Você não tem mais o poder de decidir meus atos por mim, como se fosse o diretor da minha vida. Eu me libertei de você, rasguei o nosso contrato e, apesar de não ter assinado um novo que, assim como o seu, me garantisse um programa na televisão, eu tenho agora as rédeas da minha narrativa e escrevo nos meus próprios termos.

E o melhor, sem precisar roubar ou menosprezar ninguém.

Rio de Janeiro, 5 de maio de 2018

> *King and Queen of the weekend*
> *Ain't a pill that could touch our rush*
> *But what will we do when we're sober?*
>
> "Sober" — Lorde

Querido ex,

Cheguei agora em casa. O relógio do visor recém-quebrado do meu celular marca 5h37 da manhã. Minha cabeça está enevoada pelas caipirinhas extremamente baratas e de procedência duvidosa que só se encontram nas ruas da Lapa. Minha camisa está com um botão faltando. Meu Adidas superstar parece que foi atropelado por um caminhão de lixo. Minha barba está suja com o glitter do rosto de algum dos meninos ou das meninas que eu beijei. Já engoli o refluxo duas vezes.

Antes era você quem compartilhava essas noites comigo. Hoje estou só.

Toda aquela gente e aquela fome pelo corpo alheio que se instauram em uma boate quando bate três da manhã, quando a bebida começa a entorpecer os sentidos e quando as vergonhas saem pela porta, deixando tudo mais livre e fácil, não teve hoje o mesmo sabor.

Não fiquei inebriado por esse clima a ponto de querer pagar um boquete em um canto mal-iluminado da pista de dança. Não veio ninguém ao meu lado no banco de trás do Uber para quem eu pudesse bater uma punheta disfarçada por baixo da calça skinny. Não fiz nada além de desempenhar a rotina de olhares, beijos e apalpadas insossas que esses lugares exigem, na tentativa de justificar para os meus amigos e para mim mesmo que eu já superei você. Afinal, já se passaram quase seis meses desde que você se foi, então não posso me dar ao luxo de ainda testar a paciência deles falando sobre as mesmas coisas.

A verdade é que ultimamente tenho tido dificuldade em encontrar o desejo. Os beijos têm todos o mesmo gosto. Os corpos têm todos a mesma textura. Os gêneros parecem todos os mesmos.

E não tem sido por falta de tentativa. Assim que a gente terminou eu baixei todos aqueles aplicativos de pegação, onde homens buscando por sexo casual aparecem na tela do celular tal como um cardápio de restaurante. Naquele mesmo dia à noite eu fui para um motel com o "ativo 33 anos". Na semana seguinte, um ménage com o "casal liberal". Dois dias depois, um boquete no carro do "sigilo 20 cm". Eu não queria parar porque parar significaria dar atenção para a falta que você faz, parar seria me permitir sentir. Então o que eu fiz foi preencher o vazio.

Não me arrependo. Não me arrependo nem um pouco. Até o nosso amor acabar eu achava que sexo era algo sagrado, um encontro de duas almas, uma troca muito intensa de energias que não podia ser desperdiçada com qualquer um. Eu me lembro de ter lido por aí que você fica preso a toda pessoa com quem transa por seis ciclos cármicos, e mesmo eu não tendo a mínima ideia do que um ciclo cármico é, não me parecia correto ou saudável misturar o meu com o de pessoas de quem eu nem sequer sabia o nome ou, pelo menos, o signo.

Além disso, tem toda aquela pressão do estereótipo do homossexual promíscuo. Até porque ter duas mães não facilita isso em nada. Você já ouviu inúmeras vezes as histórias e sabe que elas perderam vários amigos pro HIV/Aids, e por isso elas são preocupadas com prevenção (nunca me esquecerei do dia em que você veio aqui em casa e saiu com um pacote de camisinhas e um lubrificante).

Quando aos quinze anos eu contei que era veado, no *top 3* temores delas, rankeando logo abaixo de apanhar na rua, era que eu pegasse algum tipo de doença, principalmente a famigerada HIV/Aids. Mesmo sabendo que ninguém mais morre em decorrência do vírus, mesmo sabendo que temos um dos melhores programas de combate do mundo, mesmo sabendo da existência da PEP e do PREP o estigma com essa porra é tão grande que elas achavam que eu teria o mesmo fim dos tais amigos.

Então eu fiz de tudo para que elas, e todo o restante da sociedade, não me botassem nessa mesma caixinha estampada com uma cruz vermelha. Entrei em relacionamentos duradouros, não saía por aí pegando geral, não fazia sexo casual e também não perdia uma chance de julgar meus amigos quando algum deles transava com um sugar daddy do aplicativo ou participava de uma orgia inusitada em um banheiro público do metrô.

Ficar sem você e me ver solteiro pela primeira vez em anos me fez rever esses preconceitos. Me permitiu redescobrir o sexo. Sair com todas aquelas pessoas, experimentar aqueles diferentes cheiros, toques e gostos foi provavelmente o que me fez não correr atrás de você implorando para voltar naqueles primeiros meses. Mas, além disso, me permitiu julgar menos, tanto o outro quanto a mim mesmo. Me permitiu entender que o sexo pode, sim, ser a manifestação carnal da conexão espiritual entre duas almas, mas também uma maneira bastante gostosa de passar o tempo e de explorar o meu corpo. E só isso.

O problema é que agora todos os sentimentos e memórias que joguei pra baixo do tapete estão vendo a luz do dia, e, ao finalmente tentar lidar com eles, me vejo incapaz de impedir que meu pensamento voe até você quando tem outro ao meu lado.

Depois de tanto me empenhar para esquecer, parece que tudo sobre você ficou mais forte e interessante. Seu cheiro é mais gostoso. Sua pegada, mais excitante. Seu beijo, mais encaixado. Sua pele, mais tenra.

Como não notei o quanto nossos corpos juntos naquela confusão de pernas, coxas, braços e bocas formavam uma escultura digna dos corredores do Louvre? Como consegui ficar mais de um mês rejeitando seu toque?

Eu me odeio por permitir esses pensamentos. Odeio porque você está direcionando todo o seu desejo e toda a sua potência para esse instaboy, enquanto nenhuma boca consegue me deixar de pau duro. Odeio porque vocês devem estar fodendo em todos os cômodos da sua mansão na Barra da Tijuca, ao som das músicas que escolheram para o casamento, enquanto o idiota aqui começa a ficar meia-bomba só de se lembrar dos nossos quadris juntos e das nossas bocas em comunhão.

Eu me odeio porque são 6h30 da manhã e acabo de melar minha cueca batendo uma punheta pensando em você.

Eu deveria ter bebido menos.

Rio de Janeiro,
9 de maio de 2018

Um novo tempo há de vencer
Pra que a gente possa florescer
E, baby, amar, amar, sem temer

"Flutua" — Johny Hooker e Liniker

Querido ex,

Hoje na entrada da faculdade havia uma menina panfletando. Nos folhetos, a imagem daquela garota transexual desaparecida há duas semanas, cujo corpo aparentemente acabara de ser encontrado. Na parte de trás, um convite para participar da manifestação. "Parem de nos matar", dizia, por fim.

Há um tempo éramos eu e você entregando os panfletos no lugar dela. Há um tempo, não perdíamos uma passeata, uma reunião do coletivo, uma palestra ou uma mesa-redonda sobre direitos LGBTQ+. Agora esse panfleto, que costumava ser um convite para o enfrentamento ao seu lado, é só mais um dos papéis na bagunça da minha mochila, junto de cadernos, notas fiscais e canetas estouradas. Mais uma lembrança na confusão da minha vida.

No intervalo de Francês II, você no meu feed. Uma matéria do PapelPop ilustrada por uma foto em preto e branco do sorridente "casal do ano". No texto, a descrição do seu casamento como um "ato performático em prol da resistência das vivências queer", o que justifica a escolha da data com urgência para o mês seguinte, junho, o mês internacional de combate à homofobia.

Um parágrafo só de silêncio para você.

Silêncio.

Sério, cara? Não tinha como ser menos oportunista? O que você sabe sobre resistência queer? Desde quando você é queer? Não tem veado mais GGGGG que você, principalmente agora ostentando esse seu namorado/noivo padrão. Eu bem lembro que, apesar das renúncias vazias, você se regozijava toda vez que alguém comentava sobre como você não tinha "cara de gay" ou com os "que desperdício" que ouvia. Sou um tolo por não ter percebido isso antes. Tolo!

Afinal, eu te encarava como o próprio Jesus Cristo Gay. Eu ficava completamente encantado quando você segurava a minha mão no meio da rua ou postava uma foto nossa no Instagram, abraçados, principalmente depois Daquele Que Veio Antes de Você nunca ter conseguido dar esses passos comigo. Até porque essas migalhas sobre as quais casais heterossexuais nem sequer param para pensar são pepitas de ouro para nós; apesar de você sempre agir de forma blasé, eu realmente encarava isso como preciosidades. Era algo deliciosamente inédito nos meus vinte anos neste planeta. Mas para você não era. E enquanto você brilhava, eu me apagava. Cada xingamento era uma oportunidade para você ganhar mais seguidores. Cada episódio de trauma (como aquele pai que ameaçou nos encher de porrada por nos beijarmos no cinema), uma chance para escrever um textão em uma rede social ou discursar incessantemente no coletivo.

Não me leve a mal, você é mesmo corajoso, e se as pessoas conseguissem manifestar suas individualidades da forma livre e natural que você faz, eu realmente acredito que o mundo seria um lugar melhor. Mas agora, quando sua voz já não ecoa diariamente nos meus ouvidos, eu vejo que você, na ânsia de mostrar que o afeto é político e ostentar sua branquitude gay, nunca permitiu que eu tivesse o meu tempo.

E eu não sou você. Eu nunca fui você. Eu não queria falar sobre esses episódios dois minutos depois, eu queria chorar e ficar no meu canto. Eu não queria escrever um textão, eu só queria deitar minha cabeça no seu ombro e ficar reclamando sobre como o mundo está repleto de gente imbecil. Eu não queria fazer uma live escrachando homofóbico na fila do cinema, eu queria ir embora, sumir, desaparecer!

E como eu poderia? O menino que tem duas mães, o namorado do maior nome do coletivo, me acovardar diante dessas violências? Como poderia preferir largar sua mão do que passar abraçado na frente de um bar de madrugada e ter que correr para não tomar porrada de um babaca bêbado? Como poderia fingir que não ouvi uma ofensa? Como poderia não me posicionar e simplesmente começar a chorar diante daquela mãe que cuspiu na gente no meio do ônibus lotado?

Eu não soube impor minhas necessidades e o meu tempo, e você não olhou para mim. Acho que nunca olhou de verdade para mim. Se tivesse olhado, você saberia das crises de ansiedade, dos pesadelos atrás de pesadelos e do sonambulismo que me controlava quase toda vez que alguma dessas violências aconteciam com a gente.

Você nunca perguntou como eu estava. Você nunca hesitou em expor tudo que a gente sofria nas redes, você nunca deixou uma situação passar em branco, e, em contrapartida, eu nunca consegui ter o meu próprio tempo para lidar com essas questões. Até hoje ainda não fui capaz de desvendar como eu quero manifestar o meu desejo e a minha raiva e quão forte (ou fraco) eu sou para lidar de forma pública com acontecimentos que me dilaceram. Eu saí das mãos de alguém que me apresentava como "primo" ou "melhor amigo" diretamente para as suas. Mãos firmes e intransigentes, mãos que apertam e sacodem com força, mãos que não passam despercebidas, mãos de alguém que, silenciosamente, exigia que eu fosse mais do que eu era, que eu desse mais do que podia no momento.

E eu me perdi no meio desse caminho. Só que estou começando a me achar.

E não se engane, eu sinto muito ódio pelos verdadeiros culpados por esses nós na minha garganta e essa mortalha na minha alma. Sinto muita raiva por todas as pessoas que acham que nossa vida não vale porra nenhuma e gostaria de ver os filhos da puta que fazem essas covardias atrás das grades (agora posso falar isso porque não sou mais obrigado a endossar a baboseira dos seus discursos abolicionistas).

Não vou aceitar o convite desse panfleto. Não vou escrever um textão. Não vou na reunião do coletivo para ouvir as mesmas pessoas pregando as mesmas palavras para aqueles que já sabem de cor todo esse discurso universitário sobre LGBTQfobia e que, no fundo, ligam mais para os seus próprios egos do que para vidas como a dessa menina.

Eu preciso cuidar de mim.

Eu não posso chegar em casa me tremendo dos pés à cabeça depois de ser perseguido na rua. Eu não posso perder noites inteiras acordando de hora em hora com pesadelos. Eu não posso despertar em pé na varanda debaixo de chuva vítima de sonambulismo engatilhado por esses episódios de homofobia. Eu preciso manter minhas notas. Eu não posso perder minha bolsa. Eu preciso ficar bem.

Agora, eu realmente espero que, para além do oportunismo barato, você utilize essa plataforma que teve a sorte de ganhar para fazer algum bem. Para que consiga olhar para outro lugar que não seja o seu umbigo, para que sua prioridade seja trazer mais amor para esse mundo em vez de massagear o ego. Ou para que pelo menos reconheça o seu egoísmo, como estou aqui fazendo.

Então se você quer e pode arcar com a transformação do seu casamento em um ato político, que seja, só nunca mais ouse julgar aqueles que, assim como eu, decidem não fazer o mesmo.

Você não sabe o que as pessoas estão passando, e sua experiência sendo admirado como a reencarnação brasileira do Harvey Milk não é universal.

Um dia eu vou ficar bem e vou voltar a ser aquele menino com a coluna teatralmente ereta entregando o panfleto e gritando palavras de ordem na manifestação. Quando isso acontecer, será por vontade e força genuínas, e não por escolha da pessoa ao meu lado.

Enquanto isso, estou em paz assumindo o papel do menino que esquece o panfleto amassado na bolsa. O menino que você chamaria de "alienado" e "acomodado", mas que eu chamo de "honesto".

Quem sou eu para saber de alguma coisa? Quem sabe é você, que está aí no PapelPop mostrando para todos nós que o ápice do engajamento político é um casamento dos sonhos decorado com arco-íris e um cachê gigantesco para a Pabllo Vittar fazer o show.

Rio de Janeiro,
20 de maio de 2018

> *Você não sente, não vê*
> *Mas eu não posso deixar de dizer, meu amigo*
> *Que uma nova mudança em breve vai acontecer*
>
> "Velha roupa colorida" — Belchior

Querido ex,

Os últimos dez dias foram os melhores desde que você se foi. Não passar mais da metade do meu tempo trancafiado naquele escritório com cheiro de mofo e baratas andando por baixo dos teclados foi a decisão mais acertada que já tomei. Agora finalmente posso aproveitar esse mais que bem-vindo tempo livre para voltar a nadar, estudar francês com mais afinco e passar mais tempo com meus amigos. Não há mais nenhum obstáculo que me impeça de ficar enfiado a semana inteira na casa da Ágatha.

Os dias parecem mais acolhedores, minhas mães, mais relaxadas, as pessoas, menos ranzinzas e, veja só, até o ônibus, menos lotado. Nem as aulas de Macroeconomia estão modorrentas, com a típica carranca do professor parecendo um pouco mais agradável.

O engraçado é que, apesar de ainda me lembrar de você, sua presença nos meus dias está menor. Não procuro mais as sedutoras notícias. Não pego o celular de uma das minhas mães para ver suas fotos sépia. Não fico relendo os cartões que um dia você escreveu para mim com frases prontas e adjetivos vazios. Não tenho mais tempo pra isso. Quero ver gente, quero andar por novos caminhos, quero pedalar até minhas pernas gritaram de cansaço!

É engraçado, agora, olhar para trás e ver como eu sempre me comportei como uma daquelas pessoas que, intituladas com uma verdade indiscutível atribuída por Deus sabe quem, levantava o dedo para esbravejar que amizade vem antes de namoro e que nunca iria deixar de estar com uma amiga para ficar do lado de macho. E olha o que eu fiz, né. Praticamente abandonei os meus amigos, como se estivessem todos infectados com HINI.

Eu sabia que estava deixando-os de lado. Eu tinha consciência do que estava fazendo, mas na ânsia de te agradar, de ser o namorado perfeito, de estar a sua altura, eu atuei como se não soubesse, enganando a mim mesmo. Fingia realmente acreditar que todo aquele seu discurso sobre "passar tempo de qualidade juntos" e "querer você o tempo todo só para mim" não era, na verdade, um código traduzível como "seus amigos são um porre e eu estou de saco cheio de vocês, mas não quero que você saia só com eles pois no fundo sei que você é uma piranha que vai me trair, então não vou dizer nada disso, pois não vou pagar de abusador, mas espero que você esteja entendendo, ok? Ok. Emoji sorridente."

Até posso me dar um desconto e afirmar que, talvez, eu não tenha percebido a primeira vez que me impediu de ficar com eles. A gente ainda desfrutava do gosto do início do relacionamento, então quando você resmungou que não estava a fim de participar da festa de quase Natal que meus amigos faziam todo ano, eu não estranhei, não li as entrelinhas das suas palavras que entregavam o tipo de namorado que você viria a se tornar.

Eu queria muito ir, havia passado meses falando daquela festa, que era basicamente a única vez no ano inteiro em que eu conseguia ver todos os meus amigos do Ensino Médio juntos. Você me viu correndo atrás da decoração, me ouviu convencendo o Júlio a adiar a viagem com a família e me viu escolhendo com cuidado a caneca de *How I met your mother* para a Larissa, a minha amiga oculta. Eu queria ter trocado os presentes, jogado Eu Nunca até ficar bêbado de catuaba e dançado no *Just Dance* até amanhecer.

Mas lembra o que aconteceu? Na noite anterior você ficou falando sobre como precisava da minha ajuda para revisar o seu discurso no seminário sobre Gênero e Relações Internacionais, reclamando sobre como já tinha mais de um mês que eu não passava um final de semana inteiro no seu apartamento. E o que eu fiz? Liguei no dia seguinte para elas, forçando uma tosse e dizendo que estava com febre. E o que aconteceu? Fiquei acordado, sozinho, durante toda a madrugada, batendo punheta e assistindo à segunda temporada de *How to get away with murder* enquanto você roncava do lado.

Eu não percebi também quando você fechou a cara depois de eu te contar que tinha aceitado os convites da Larissa para vermos o show da Karol Conka na Lona Cultural. Não percebi quando você me fez escolher entre passar o final de semana em Penedo ou comemorar o aniversário da Ágatha. Não percebi quando você disse que até estava de acordo comigo indo sozinho com as meninas naquela boate gay que você odiava ("muito alterna"), mas que caso eu postasse nas redes sociais alguma foto na festa sem você, todo mundo ia ficar perguntando se a gente tinha terminado e seria muito chato ter que ficar dando explicações.

45

Aos poucos fui virando sua sombra. Nós íamos nas festas dos seus amigos, e eu jogava tudo meu para baixo do tapete, até o ponto em que me tornei incapaz de encontrar em nós um traço genuinamente meu. Aos poucos fui me tornando mais uma dessas pessoas que eu tanto criticava. Uma dessas que troca os amigos pelo namorado.

Meu perfil no Instagram era repleto de fotos ao seu lado. Em todas as minhas postagens do Facebook eu marcava você. Minhas conversas diárias eram pontuadas pelo seu nome e novidades sobre a sua vida. Até a sua igreja eu comecei a frequentar, e eu nem sequer acredito em Deus! Fui me misturando tanto com você que meus amigos, nas raras ocasiões em que eu ficava sozinho com eles, quase não me reconheciam mais. "Desde quando você fuma?", "Por que tá usando camisa de flanela?", "Chega de falar da Judith Butler."

Eu comecei a reproduzir sua opinião blasé sobre os romances do John Green e Rick Riordan. Comecei a falar com uma propriedade de crítico de cinema dos filmes cults que só passavam no Cine Estação. Até o diacho de um chapéu Fedora eu cheguei a usar! UM FEDORA!

Enfim, a questão é que, quando você terminou comigo naquela tarde de dezembro, minha vontade era de não mudar o status do Facebook e continuar fingindo nas redes sociais que ainda estávamos em um relacionamento sério.

Eu tinha vergonha de voltar com o rabo entre as pernas para os meus amigos e ouvir o bendito "eu te avisei" e o doloroso "agora você lembra que a gente existe, né". Não queria ter que encarar a realidade de que eu me tornara aquele arquétipo.

Me custou muito para reconquistar a amizade, para recuperar esse tempo perdido. Ainda estou deslocado, como se nesse ano e meio eu houvesse me tornado um estranho nas rodas de conversa, outrora tão familiares. Sou alguém que se mudou para o exterior por alguns anos e acabou de voltar para casa, ainda sem saber completamente das novidades, sem saber quem casou, quem se separou ou quem morreu, e passando batido pelas piadas internas que só um grupo de amigos bem próximos consegue entender.

Mas como poderia ser diferente? Foi tanto que eu perdi. Não foram só os shows, a festa de Natal ou os aniversários. Foi ignorar por mais de um ano pessoas que estiveram do meu lado por tanto tempo. Foi não estar ao lado da Lorrayne quando ela descobriu que estava grávida ou do Elton quando ele foi expulso de casa ao contar para os pais que era gay.

Ainda falta muito para as coisas voltarem a ser como eram, mas esses dias que passei na casa da Ágatha me deram de volta o gostinho do tempo em que eu não era o namorado de alguém e também de como o futuro ao lado deles pode, ainda, imitar esse passado. Inclusive esse ano estamos transformando o amigo--oculto da festa de quase Natal em um amigo-oculto de uma festa quase junina. Temos que aproveitar enquanto todo mundo está solteiro. Vai que até o final do ano alguém do grupo começa a namorar e fura o rolê.

Não podemos correr esse risco de novo.

Rio de Janeiro, 23 de maio de 2018

Daniel is traveling tonight on a plane
I can see the red tail lights heading for Spain
Oh and I can see Daniel waving goodbye
God it looks like Daniel, must be the clouds in my eyes

"Daniel" — Elton John

Querido ex,

O relógio apontava cinco e trinta da manhã quando, literalmente, pulei da cama. Um grito vinha de algum lugar, uma voz esganiçada chamava por um nome: Daniel. Ela gritava como se precisasse ser salva da morte, repetindo sem parar: Daniel, Daniel, Daniel!

Eu olhei para os lados, o coração na boca enquanto uma gota de suor se arrastava pela minha têmpora. Foram necessários alguns segundos até que eu percebesse que a voz gritando não vinha de fora do quarto, mas sim de dentro de mim. Aquele som gutural era meu.

Eu engoli em seco. Silêncio. Minha garganta se fechou com um nó e meus lábios tremeram, tentando impedir as lágrimas de escorrerem pelos meus olhos.

Daniel.

Peguei meu telefone. Com os olhos semicerrados pela luminosidade da tela, olhei o registro das últimas ligações, o gatilho que provavelmente fizera com que o bendito nome voltasse para a minha mente. Foi tolice minha achar que, realmente, seria capaz de ignorá-lo. Bati na minha cabeça dizendo para mim mesmo: burro, burro, burro!

Ontem, eu estava prestes a dormir quando Daniel me ligou. Eram umas onze da noite quando meu celular foi acordado por duas chamadas seguidas. Até o bico do meu peito se eriçou quando vi o nome dele na tela. Daniel. Lá estava o nome que há quase um ano eu não pronunciava.

Meses haviam se passado desde a última vez que ele tentara fazer contato comigo, meses desde a última vez que nos vimos. Se eu atendesse aquela ligação, não teria volta. Eu não poderia mais fingir que nada aconteceu, que eu nunca o conheci. Mas se eu ignorasse, talvez eu tivesse uma chance de que tudo fosse, simplesmente, sumir.

O esforço de tentar seguir em frente testemunhando o seu sucesso já me consumira o suficiente, eu não estava pronto para abrir outra janela, para me afundar em mais problemas. Então, assim como nas outras tentativas de contato que Daniel fizera, muitas enquanto eu ainda te namorava, eu nada fiz. Só fiquei olhando o celular vibrar e o nome dele brilhar e brilhar na tela até se apagar, até ele finalmente desistir de mim mais uma vez.

Sei que esse nome não lhe diz coisa alguma, mas, na derrocada do nosso amor, foi ele um dos mais importantes. Foi ele quem mudou tudo dentro de mim. E isso é o que eu consigo te contar, por enquanto.

Ainda não é hora de você saber tudo.

Hoje eu definitivamente tive certeza de que, para chegar até lá, ainda há o que caminhar, ainda há o que escrever. Nessa madrugada, testemunhei a prova de que não vou ser capaz de seguir a minha caminhada a algum lugar que se aproxime da libertação se eu continuar escondendo Daniel no armário. Se eu continuar fingindo para você e para mim que ele não existe. O grito do nome dele, que ainda martela o espaço entre as minhas orelhas, é a maior prova disso.

A verdade é que eu gostaria de poder apagar os caminhos que me fizeram esbarrar em Daniel. Caminhos que percorri próximo ao nosso fim e que, muito provavelmente, apressaram esse outro trajeto. Talvez por isso eu não tornara a pronunciar esse nome; pelo menos até ele sair sozinho, na marra.

Eu queria voltar atrás e evitar a série de desventuras que me jogaram no meio da clínica médica onde o conheci no ano passado. Eu deveria conseguir inventar uma máquina como aquela de *Brilho eterno de uma mente sem lembranças* e esquecer essa coincidência, esse encontro que mudou a minha vida.

Eu sou fraco, sou um covarde que ainda não está pronto para regurgitar esse segredo.

Depois do susto, não voltei a dormir. Meu corpo fora ligado pela adrenalina. Enquanto esperava o dia clarear, depois de virar de um lado para o outro na cama, passei a zapear por todos os reality shows mais esdrúxulos da Netflix (eu fui de *Dancing Moms* para *Cheap Weddings*, um programa com quarenta e cinco minutos dedicados à exibição de casamentos feitos com, sei lá, dois reais).

Incapaz de me concentrar em qualquer uma daquelas, ditas, histórias reais, tornei a encarar a merda da tela do celular.

Eu deveria tomar uma atitude? Deveria ligar para ele depois de tanto tempo?

Cheguei a abrir o contato mas não consegui. Eu queria, sim, ouvir aquela voz que tanto me ajudou. Mas o que eu falaria? "Oi, desculpa por ter ignorado suas chamadas nos últimos meses e ter fingido que não te conhecia, mas agora preciso conversar com você pra conseguir dormir em paz"?!

Eu atirei o celular longe, atolei minha cara no travesseiro e gritei. Gritei até ficar sem nenhuma força, até meu peito ficar suado, subindo e descendo, desesperado pelo ar.

Por que meu cérebro tem que ser assim? Tudo estava indo tão bem! Os dias na casa da Ágatha haviam sido perfeitos, as notícias sobre o seu subcélebre apogeu já não faziam meus dentes ranger e as consultas com a Luciana estavam me levando a acreditar que eu estava em um caminho ascendente, em velocidade máxima para mandar o passado, de uma vez por todas, para a puta que pariu! Mas foi só afundar para um pouco além da superfície... Bastou um telefonema, uma olhadinha pela fresta da porta do quarto bagunçado que você deixou para eu ver que o caos ainda é uma constante.

Eu sou só bagunça.

Quando o sol entrou pela minha janela, eu já estava ciente do que iria acontecer se ignorasse esse chamado da madrugada que veio de mim para mim. Eu já senti na pele as consequências de ignorar um problema. O caos só iria se repetir. Os gritos iriam aumentar. O sonambulismo iria chegar. Tudo iria piorar.

Então, me forçando a não cometer o mesmo erro duas vezes e determinado a não ligar para Daniel, eu fiz a única coisa ao meu alcance: pedi ajuda.

Comendo as unhas, esperei o dia terminar de acordar. O relógio apitou, já eram oito da manhã. Voltei a catar o celular (e agradeci ao criador das películas de vidro). Respirei fundo. Liguei para Luciana.

A psicóloga atendeu no primeiro toque.

Com os olhos apertados, nem deixei ela falar e fui despejando o motivo da ligação: eu precisava de uma consulta de emergência. Precisava de uma consulta de emergência para hoje.

Eu nunca tinha feito tal pedido e fiquei com medo do que ela pudesse imaginar, não queria deixá-la apavorada. Afinal, havíamos nos visto dois dias antes, não teria cabimento eu voltar ao consultório tão cedo.

Respirei aliviado, soltando o ar todo de uma vez, quando ela disse que poderia me encaixar às 13 horas. Eu teria que faltar aula, mas não é como se eu fosse aprender alguma coisa com "Fundamentos da administração II".

Cheguei ao consultório quarenta minutos antes do agendado. Esperei a paciente do horário anterior sair e já fui me enfiando na salinha. Luciana pediu um minuto para ir ao banheiro e me deixou brincando com o sabugo dos dedos. Uma pontinha estava inflamada e eu puxei a pele com meu dente, até sangrar.

Luciana retornou e fechou a porta. Assim que ela se sentou na minha frente e abriu o familiar sorriso que diz que tá tudo bem, eu congelei.

Depois de tanto pensar, minha cabeça estava vazia.

Frente à minha total inexpressão, Luciana tomou a iniciativa, perguntou como eu estava. Eu disse que estava bem. Assim mesmo, "bem", foi tudo que consegui balbuciar.

Ela então perguntou o motivo da consulta, o que causara a *emergência*.

"Um amigo me ligou. Um ex-amigo. Acho."

E só.

Não falei mais nada. Fiquei ali, com cara de bobo, contorcendo os dedos, olhando para todo e qualquer canto que não fosse a cara dela.

Quando o silêncio se tornou mais ensurdecedor que os da Anitta, Luciana perguntou sobre as cartas. Sugeriu que eu contasse sobre "esse ex-amigo" nelas, que eu escrevesse sobre ele. Eu seguia de boca calada e ela entendeu que eu desistira de tocar no assunto que me levou até ali.

Mudando de tática, perguntou se estava sendo útil colocar no papel aquilo que eu ainda não consigo verbalizar. Afinal, mais cedo ou mais tarde, eu precisarei encarar os traumas que finjo não existir e que contar o que me levou até ali, escrever sobre esse meu "ex-amigo", poderia ser uma boa maneira de começar, começar de verdade.

"Os traumas que você finge não existir."

Eu parei de prestar atenção no que ela continuava a narrar e como um jingle natalino, a maldita frase ficava se repetindo dentro de mim.

"Os traumas que você finge não existir."

"Os traumas que você finge não existir."

Eu surtei.

Levantei do sofá e danei a falar. Eu não era mais responsável pelo meu corpo, a mesma sensação da madrugada, como se outra pessoa tomasse as decisões por mim. O tom da minha voz beirava o gritar. Eu não parava de andar de um lado para o outro, declamando todo tipo de merda.

Quem ela pensava ser para ficar ali me olhando como se soubesse mais da minha vida que eu? Quem era ela para dizer que eu tenho um trauma? Um término é um trauma? Então todo mundo tem um trauma, porra! Afirmei que não iria escrever mais merda de carta nenhuma, que isso não serve para nada; remexer o passado só faz tudo piorar, só machuca, é um dedo enorme e sádico cutucando uma ferida, impedindo de cicatrizar. O que passou, passou! Não é isso que ela deveria me dizer?! Afinal, se ela se importasse comigo deveria se preocupar com o que vem pela frente e não com o que ficou para trás!

Eu já não estava mais falando alto. Eu gritava. Dizia a plenos pulmões que eu pago ela para me ajudar a superar. Para lamber ferida já basta eu mesmo.

E aí, eu apaguei.

Uma hora eu estava atirando almofadas no chão como uma criança enfurecida em meio a palavras já desprovidas de sentido, na outra eu estava ajoelhado, aos prantos, os braços de Luciana ao redor da minha cabeça, na tentativa de me acalmar.

Assim que percebi o que aconteceu, o que eu tinha feito, quis correr para bem longe dali. Até então, eu nunca me prestara a performar um papel tão patético, agora até uma EX-PSICÓLOGA eu passaria a ter!

Mas Luciana olhou no fundo dos meus olhos. Como se tivesse lido meus pensamentos, ela segurou minhas mãos e disse que estava tudo bem. Não tinha motivo para ficar envergonhado, nada mudaria entre a gente.

Eu tive certeza de que ela falava sério. Na moral, eu amo a minha psicóloga.

Eu me levantei. Ela me entregou um copo de água e ordenou que eu fosse para casa. Voltaríamos a nos ver na semana seguinte, com a condição de que eu não parasse de escrever as cartas.

Eu não precisaria mais narrar os motivos que me fizeram buscar a consulta de emergência. Ela prometera não tocar no assunto do "ex-amigo" até que eu estivesse pronto. Contudo, eu não deveria parar de escrever.

Eu assenti. Com a cabeça abaixada, fui embora.

Então aqui estou, cumprindo com a minha palavra. Tentando me redimir pelo chilique desta tarde.

Que Daniel foi um dos motivos de tudo isso é, por ora, tudo que sou capaz de dizer. Uma hora vou conseguir, sei que vou conseguir te contar tudo, me contar tudo, escancarar de vez essa porta e botar ordem na bagunça.

Agora resta saber o que ainda preciso passar para, finalmente, chegar lá.

Talvez eu ainda torne a ver esse meu ex-amigo.

Afinal, de "ex" já basta você.

Rio de Janeiro,
26 de maio de 2018

Você sorriu pra mim
Depois sumiu na multidão
Será que foi miragem de Carnaval?

"Miragem de Carnaval" — Caetano Veloso

Querido ex,

A viagem para comemorar o aniversário da Larissa não poderia ter chegado em melhor hora. Depois do vexame no consultório de Luciana, sair de casa soou como a melhor opção; larguei por lá os fantasmas, decidido a lidar com eles somente após o retorno.

Para ser sincero, estou torcendo para que eles sejam exorcizados pela força do acaso e eu não precise vê-los nunca mais.

Foi assim, exalando alívio, que vim passar o final de semana em Saquarema, essa cidadezinha do Rio com cheiro de sal que, apesar de ser beijada pelo mar, pode parecer também um grande latifúndio do século XX. Para além de praias e micaretas, Saquarema porta também ruas de barro que terminam no nada e casinhas que parecem saídas de desenhos de criança que não têm luz ou Wi-Fi, fazendo com que as grandes mansões com suas piscinas e portões como enormes arranha-céus pareçam completamente deslocadas ao seu lado.

Larissa organizou uma festa à fantasia na casa de praia dos tios dela. Como esperado, ela estava deslumbrante, vestida como uma versão brasileira da Katy Perry em "California Gurls". Uma peruca azul sintética comprada por R$19,99 no Saara, uma saia de tule rodada com as cores do arco-íris, ostentando imagens de cupcakes cor-de-rosa delicadamente coladas, uma meia-calça bege escamada como se fosse a pele de uma cobra e um sutiã com uma torta de baunilha e uma cereja no topo em cada seio, tão bem-feito que parecia que se alguém esbarrasse ali ficaria sujo de chantilly. Basicamente, um perfeito cake pop (ainda me encanto com esses adventos da culinária de festa infantil) com pernas.

Larissa sempre foi cuidadosa com detalhes. Inclusive, arrisco dizer que toda essa atenção beira a psicopatia, mas também confesso que gostaria de ter recebido um pouco da ajuda dela com meu macacão de presidiária laranja que usei na falha tentativa de parecer alguma das meninas de *Orange is The New Black*. Minha fantasia ficou banal ao lado da explosão de açúcar da dela. Mas não tive coragem de, mais uma vez, importuná-la com uma lista de pedidos, afinal, ela teve trabalho suficiente (e pagamento zero) com a fantasia que criou e costurou sozinha para nós dois usarmos no Carnaval do ano passado e que foi simplesmente a coisa mais legal já feita desde a criação do *Steven Universe*.

Nós nunca havíamos parecido tão feitos sob medida um para o outro quanto naqueles dias. Os elogios e comentários dos estranhos, todos os meus amigos e também os seus amigos querendo tirar e postar fotos com a gente e até mesmo aquela matéria da Globo.com com as melhores fantasias, que ilustramos com o nosso beijo. Tudo soava como a manifestação corpórea de um sonho de Carnaval.

Eu falei que ninguém ia pegar a obscura referência do Homem Sereia e o Mexilhãozinho, a infame dupla de heróis que era sucesso na Fenda do Biquíni, mas você me garantiu que *Bob Esponja* ficava ao lado de *Chaves*, *Simpsons* e *Meninas Superpoderosas* no hall dos programas da infância dos millenials que nunca seriam esquecidos por essa geração iPad. Você estava obviamente correto e, por sorte, tínhamos a Larissa, com suas mãos de artista e máquina de costura profissional para nos ajudar.

Ela não poderia ter feito um trabalho melhor em nós dois. O seu collant verde e laranja com o sutiã de conchas roxas resistiu bravamente aos quatro incessantes dias de blocos, assim como minha máscara e botas azuis que reproduziram perfeitamente aquelas usadas pelo Mexilhãozinho (apesar de terem ido diretamente para o lixo, já que estavam empapadas com aquela mistura de urina, sêmen e barro que permeia o solo do Rio de Janeiro no Carnaval).

Parecíamos um casal saído de um desses filmes nacionais gays com o Jesuíta Barbosa. Nos agarrávamos por todos os cantos, como se ficar um minuto longe um do outro significasse o arrebatamento. E aquele sexo entorpecido pelos shots de Catuaba atrás das árvores do Aterro do Flamengo entrou para a lista dos melhores da minha vida.

Mas apesar de todo paetê e serpentina, foi ali também que as coisas começaram a mudar dentro de mim. Pelo menos foi o que eu me obriguei a acreditar depois que, no final daquele ano, você terminou comigo.

O Transtorno de Ansiedade Generalizada sempre fez com que eu realizasse associações completamente absurdas e descabidas nessa minha cabeça. Chegue até o final dessa rua em dois minutos e você vai passar na prova de Sociologia. Coma três bananas até o fim desse comercial e você vai conseguir aquele emprego. Olhe para um homem sem camisa no Carnaval e todos os relacionamentos até o final da sua vida estarão completamente arruinados.

Apesar de ter aproveitado a presença de um namorado que, finalmente, tinha paixão pela folia que ocupa a cidade em fevereiro, em vez de ficar em casa maratonando séries e reclamando nas redes sociais da inerente atmosfera de urina e suor das ruas, eu não conseguia deixar de olhar e desejar todos aqueles homens. Barbies com seus corpos milimetricamente depilados e moldados pelo sofrimento diário nas academias. Ursos com seus largos ombros, braços e peitorais cobertos por uma camada de pelos que urgiam pelo toque. Twinks com sua aparência esguia e olhares atentos. Toda aquela efusão de caras sem camisa, com o corpo brilhando de suor e sal sob o sol sufocante do Rio de Janeiro, me excitava. Os músculos, as curvas, os sorrisos, as barriguinhas... Aqueles olhos injetados e famintos, aquelas pessoas em êxtase, tudo me deixava louco, e, quando a gente transou na sua casa depois daquele último bloco, eu imaginei que você era o coroa de peito estufado e barba grisalha cerrada que ficou me encarando com a mão sobre o pau uma hora antes.

Nos dias que se seguiram à Quarta-Feira de Cinzas, meus olhos vidrados e meus pensamentos movidos a cafeína não descansaram. Como podia eu, tendo você como namorado, querer outras pessoas ao meu lado? Você, que parecia tão perfeito com sua pegada doce, suas palavras atenciosas e corpo definido de Adam Levine? Eu me tornara um eterno insatisfeito. O universo havia me agraciado com um homem que personificava tudo que sempre desejei, e, mesmo assim, eu via meu interesse desviar dele para inúmeras outras pessoas. Uma puta, uma vadia que realmente não merecia o homem que tinha.

Obviamente agora eu entendo que desejar outros corpos mesmo estando em um relacionamento é extremamente normal. Absorver isso não significa que eu vá virar o maior e mais novo membro do poliamor, que, para mim, continua caindo na mesma categoria do veganismo, algo que apoio, mas cuja prática, infelizmente, está para além das minhas capacidades. Significa que eu não julgo o meu eu de um ano atrás por aceitar esses desejos.

Mas também preciso olhar para o absurdo que é estabelecer essas causalidades. Eu não vou me dar bem em uma prova se correr desesperadamente para chegar ao final de uma rua em dois minutos. Eu vou é cair e me machucar. Não vou conseguir um emprego se estufar minha boca com bananas. Vou morrer engasgado, isso, sim. Nosso relacionamento não acabou porque eu imaginei um coroa bombado me comendo no seu lugar. Nosso relacionamento foi muito mais que aquilo, e seu término adveio de fatores que nem sequer consigo contabilizar.

Depois do Carnaval eu me acorrentei ao fantasma da potencial traição e sem sucesso tentava queimar o desejo por qualquer outra imagem que fosse para além da sua. Eu esqueci que a gente pode escolher cumprir o acordo que sustenta o relacionamento monogâmico, mas que acreditar nessa ideia Nicholas Sparkiana de que nunca devemos sentir atração por qualquer outro corpo que não seja o do nosso par é uma baboseira sem igual.

Naquela época eu ainda não fazia terapia. Naquela época eu achava que deveria provar para o mundo e para você que eu era merecedor do seu amor. E naquele momento eu estava plantando a semente que germinaria o nosso fim.

Foi assim que, ontem, observando os casais em suas fantasias ridiculamente combinadas, Homer e Marge, Chucky e sua noiva, Mario e Luigi, pensei em como eu gostaria de ter tido alguém ao meu lado no Carnaval deste ano para viver mais uma vez todas as aventuras que as ruas do Rio de Janeiro de fevereiro possibilitam.

Eu queria ter brilhado pela cidade em vez de ter ficado murcho em casa. Pois o que eu fiz no meu primeiro Carnaval sem você foi exatamente isso. Ficar em casa, com as cachorras, um pote barato de sorvete trufado e uma assinatura de 24 horas no pay-per-view do reality te assistindo beijar apaixonada e incessantemente o seu agora noivo, em rede nacional.

Percebi também que quando a Larissa, o Elton, a Ágatha e todo o resto sobrecarregaram meu celular com mensagens, ou melhor, intimações para ir encher a cara nos blocos, eu não deveria ter usado a velha desculpa de que estava de cama com febre de 37,5 graus, garganta terrivelmente inflamada e até gosto de sangue na boca. Pensei em como eu gostaria de ter percebido que o Carnaval é uma oportunidade única que a História do Brasil nos deu como presente para exorcizar demônios, vomitar mágoas e limpar a alma com muita cerveja e beijo na boca, deixando nosso corpo pronto para todo o desconhecido que o novo ano, então devidamente iniciado, guarda.

Mas a magia do Carnaval é que ele acontece todo ano. E agora, agasalhado contra o frio desse mês de maio, eu sei que não preciso ostentar um namorado em uma fantasia cafona para me divertir.

Rio de Janeiro,
28 de maio de 2018

> *But you gave away the things you loved*
> *And one of them was me*
> *I had some dreams, they were clouds in my coffee*
>
> "You're so vain" — Carly Simon

Querido ex,

Ficaria feliz e honrado em comparecer à cerimônia de celebração do enlace matrimonial às 18h do dia 30 de junho na PUTA QUE PARIU. O que passou nessa sua cabeça vazia para que você achasse certo enviar aqui para casa essa caixa de vidro, com duas pequenas gravatas coloridas no topo e quatro convites para o seu casamento? Você realmente precisava fazer isso?

Não basta o universo e todos aqueles que habitam este planeta chamado Terra comentarem diariamente sobre você? Não bastam as chamadas para o seu programa que me sacodem todas as vezes que me pego distraído durante o almoço assistindo, entediado, à televisão? Não basta eu me surpreender com a sua cara na página do Instagram de todas as celebridades LGBT que eu sigo? Você realmente precisa mandar para a minha sagrada casa, para o meu endereço, que é talvez o único lugar desta cidade onde sua imagem não me persegue pelos cantos (tirando quando uma das minhas mães tem a brilhante ideia de mostrar uma foto de nós dois juntos um ano atrás nas lembranças do Facebook), essa sórdida caixa?

Isso é um típico comportamento seu. Disfarçar um comentário cínico com um pretexto legítimo e potencialmente fofo. E não venha me dizer que é só porque quer a presença das minhas mães na sua cerimônia (que, pelo visto, amaram o convite e estão extremamente agitadas com a perspectiva de participar de um casamento de "celebridade") e acharia de mau gosto não me convidar também. Tem esse quarto convite, tingido de rosé gold, me encarando como se estivesse escaneando a minha alma. Um quarto convite que é basicamente você esfregando na minha cara o fato de eu estar sozinho. Você acha que, mesmo se eu me prestasse a fazer o papel de ex-namorado good vibes e aparecesse lá em uma camisa florida e mocassim, eu levaria quem como par? O desleixado do meu pai? Alguma das minhas amigas que te odeia? Um garoto de programa bombado e barbudo com tatuagens despidas de significado por todo o corpo?

Eu devo ter feito algo de muito ruim para Deus. Castigo por ser veado eu já descartei, afinal você está aí vivendo sua vida perfeita. Dessa forma, sou levado a acreditar que ter largado a catequese antes da hóstia final ou ter beijado o pajem da igreja no armário de vassouras nos meus longínquos 11 anos realmente fez com que as santas me lançassem uma maldição de fracasso romântico que vai ficar grudada na pele como um hash ou marcas de coceira da catapora!

Assim, esse furor amargo ao escrever esta carta para você com a maldita (porém, finalmente de muito bom gosto) caixa ao meu lado é o mesmo que me embrulhou por inteiro no dia em que descobri sua participação no *Confinados*. Uma subtrama do mundo, tão bem escondida que, no momento em que me atingiu, fez com que eu me sentisse como uma borboleta que fora congelada em uma caixa, aguardando o beijo dos noivos em um casamento para, finalmente, sentir a terna temperatura da atmosfera e lembrar ao restante do corpo que, oops, ela ainda calhava de estar viva. Preso, sufocado, paralisado, porém sigo vivo.

Eu voltava de mais um dia, que mais parecia dois, naquela masmorra que eu chamava de estágio. A roupa social abraçava meu corpo com o suor gerado pelas duas horas de pé em um ônibus que, a despeito da placa indicando lotação máxima de 68 pessoas, certamente abrigava mais de oitenta. Eu só precisava de um banho, só isso, um banho. Mas chegando em casa, em vez de encontrar meu refúgio no chuveiro, me peguei boquiaberto na frente da televisão, vendo uma chamada de trinta segundos com o seu rosto perfeitamente simétrico falando sobre as expectativas do confinamento em uma casa com outras 15 pessoas, onde todos os seus atos seriam filmados e divulgados em rede aberta, 24 horas por dia. Uma propaganda que, para mim, mais parecia a notificação de um atentado terrorista.

Das mil possibilidades de rumos a serem tomados pela sua vida depois que você terminou comigo, virar estrela de um reality show era, certamente, uma das últimas opções da lista. Fazia menos sentido que um episódio de *WestWorld*. Logo você, que sempre criticou o "poder de alienação" da cultura inútil representada por esses programas, que me criticava por passar as tardes dos fins de semana e feriados assistindo às Kardashians e *Are You the One?*; você, que tinha como maior objetivo de vida iniciar, antes dos trinta, uma carreira diplomática; você, você mesmo, que sempre esbravejou orgulhosamente todas essas palavras, estava fazendo parte do maior reality show do país.

Na urgência de extravasar aquela mistura de choque com raiva, que eu nem sequer sabia como chamar, me lancei em uma pesquisa desvairada pela internet sobre a sua participação no programa, enquanto simultaneamente mandava mensagens para as meninas, perguntando se elas tinham testemunhado a mesma coisa. Eu precisava garantir que a pesada rotina de um universitário não havia tirado o melhor de mim e me deixado pirado ou que todas aquelas madrugadas maratonando *The OA* e *Dark* não haviam me deixado biruta.

Mas não era imaginação. Você realmente estava lá. Eu comecei a navegar, perdido no mar de informações sobre você, que agora inundava toda a internet. E em cada entrevista e vídeo promocional eu procurava um sinal da sua versão que me havia sido apresentada no pouco mais de um ano em que fui seu. Na frente das câmeras, eu observava, catatônico, uma projeção mais polida daquele seu eu ativista. Era aquele mesmo cara que vinha à tona nas reuniões do coletivo na época do Ensino Médio ou nos discursos em resposta aos ataques homofóbicos nas ruas. Era uma versão que parecia falar todas as coisas certas, rindo na hora certa das piadas certas, me encarando pela tela do computador como se, por trás daqueles olhos, não houvesse alguma personalidade genuína.

Você é tão safo nessa vida que entendeu, de cara, as necessidades de adequação das suas características para a realidade televisiva. Era como se você fosse um daqueles cozinheiros do YouTube, que fazem com que uma receita extremamente elaborada e com ingredientes dos quais eu nunca ouvi falar, soasse como algo passível até para um adolescente da Barra da Tijuca que nunca fritou um ovo. Eu fiquei assustado com o que vi. E também te invejei. E, em cada episódio, em cada dia que eu passava na frente da televisão, devorando todos os seus segundos, eu me odiava um pouquinho mais.

Minhas mães estavam preocupadas. Eu disfarçava, dizendo que fazia aquilo só para rir da sua cara e comentar com as meninas sobre seus discursos decorados e piadas pré-fabricadas e politicamente corretas, propositalmente declamadas assim que o programa entrava ao vivo. Mas a verdade é que, por dentro, eu me debulhava em lágrimas, em ressentimento e em mágoa por ver a versão fantasiosa que você manufaturou tão porcamente ganhar a atenção e o amor de todo o país.

E você conseguiu manter essa postura até o final. A versão clean e palatável de um gay pós-moderno. Uma versão que esse Brasil progressista do século XXI pode celebrar sem nenhum constrangimento.

Muito obrigado pelo convite, mas eu não vou ao casamento. A última coisa de que preciso e quero é olhar na sua cara. Presenciar, mais uma vez, você desenvolvendo com maestria oscariável a versão falsificada do que você realmente é.

Mas, boa sorte, estarei aqui torcendo para que você se entale com essa porcaria de bem-casado arco-íris ou que na hora do "fale agora ou cale-se para sempre" apareça algum ex seu do qual eu não tenha conhecimento carregando um pen-drive com informações que te desvendariam como um estelionatário fugitivo.

Caso nada disso venha a ocorrer, estou mais satisfeito fazendo maratona de *Glee* pela décima segunda vez do que acompanhando essa farsa que você está chamando de casamento.

Rio de Janeiro,
1º de junho de 2018

> *Eu sei lá se eu vir você mais tarde*
> *Eu vou até o dia clarear*
>
> "Dia Clarear" — Banda do Mar

Querido ex,

Ontem eu tive um encontro.

Não um daqueles apressados, agendados por meio de um dos vários aplicativos de pegação que a modernidade trouxe para os nossos celulares, cujo único objetivo é uma foda rápida para matar a vontade e limpar a mente. Ontem eu tive um encontro de verdade.

Acho que você inclusive ouviu uma das minhas muitas histórias sobre ele, mesmo que o mais provável seja, devido à quase nulidade de atenção que você dedicava aos meus amigos e conhecidos, que você não lembre. Então me deixe refrescar a sua memória.

Kalil foi um dos meninos da minha turma no Ensino Médio. Um daqueles héteros que se orgulhava de fazer piadinhas comigo pelos corredores da escola. Ter sido o único veado assumido de toda aquela instituição me tornava um alvo, o bode expiatório perfeito para que eles, tão covardemente, direcionassem a mim toda a sua ignorância, frustração e raiva com o mundo. Foi assim

67

que passei três anos ouvindo da boca de Kalil e de seus amigos neandertais xingamentos extremamente criativos, tais como "veadinho de merda", "baitola" (sério, que DIABOS É UM BAITOLA?!) e "bambi", além das constantes associações das minhas notas altas com a prestação de favores sexuais para os professores. Sensacional, não é mesmo?

Mas Kalil cresceu para além da barba e dos músculos. Ao sair dos muros do Colégio Pedro II (onde sua personalidade se resumia ao constante desfile com as mangas do uniforme dobradas nos braços magricelas e um orgulho de ser um bullie estampado em sua coluna sempre perfeitamente ereta, como se tivesse consultas diárias de RPG), decidiu cursar Publicidade e Propaganda em uma universidade federal. Kalil contrariou assim todas as expectativas de pais e professores que, devido ao seu desempenho escolar que garantiu para a escola uma vaga na final da Olimpíada Brasileira de Matemática, empurravam-no para um destino como engenheiro. Sim, eu também ficava revoltado me questionando como alguém com um QI tão elevado podia ter a profundidade emocional de um episódio de *South Park*. Porém, aparentemente, Kalil estava guardando durante todo esse tempo, nas profundezas do seu cérebro e das suas gavetas, uma paixão doentia pelo trabalho do Andy Warhol e uma necessidade de transcender as latas de sopa a que sua própria personalidade, desejos e escolhas haviam sido confinadas durante os anos da escola.

E foi assim que ele contrariou também as minhas expectativas ao se mostrar, durante a faculdade, uma grande e fabulosa bicha. Para a felicidade geral da nação queer, Kalil, com seus braços torneados, traços geométricos, sobrancelhas grossas e olhos de uma escuridão profunda, descobriu-se gay. E, para além da coragem de mostrar seus tons para uma família de militares completamente religiosa e conservadora, Kalil também começou a se engajar no movimento LGBTQ+. Já no terceiro período do curso, criou um blog onde ele e alguns dos seus novos amigos escrevem sobre diversidade nos meios de comunicação e produção cultural, participando também como voluntário de uma linha direta que auxilia jovens sofrendo com violência em casa e na escola. Sim, eu também fiquei surpreso. Me parece um jeito bastante legítimo de compensar tudo o que ele fez.

Fiquei ainda mais boquiaberto ao receber uma mensagem dele no Messenger. E ainda mais estupefato quando me convidou para tomar uma cerveja na praça São Salvador. Kalil sempre foi um daqueles meninos que a gente admira de longe, em uma cobiça quase inconsciente e incrédula. As postagens dele testemunhavam uma vida de festas e viagens que pareciam saídas de um filme. Apesar dos eventuais likes compartilhados, que para outros olhos poderiam significar interesse, mas para mim era apenas a rotina básica das redes sociais, eu nunca cheguei a considerar ele um "estepe", uma opção para o tempo em que você não estivesse mais aqui.

E foi com olhos esbugalhados e unhas ruídas que ignorei os exercícios de Macroeconomia que urgiam como um berrador para serem feitos e aceitei o convite. Eu tinha um encontro.

Descobrir quem era aquela pessoa que se disfarçou atrás de ofensas e comentários homofóbicos ao longo dos três anos do Ensino Médio me pareceu uma agradável aventura. Passei o dia ouvindo a playlist mais pop do meu celular e cantarolando palavras em inglês para quem quisesse ouvir. Ao chegar em casa, o espelho me lembrou de detalhes que, até então, estavam invisíveis. Meu cabelo demasiado sem forma, com os pelos na parte da nuca se espalhando para os lados como se precisasse de umas sessões de psicomotricidade. Minha barba muito comprida, um pseudo-hipster da Zona Oeste. Meu rosto muito bolachudo, com bochechas dignas de bonecos de pelúcia dos anos 1990. Minha pele, ressecada. Minhas camisas pareciam desbotadas demais, largas demais ou justas demais.

E foi assim que passei toda a tarde em uma dessas barbearias potencialmente machistas que, na tentativa de recuperar a tradição do *macho-man* oitentista, oferecem cervejas geladas e partidas de sinuca enquanto seu cabelo e barba são delicadamente aparados por homens que mais parecem bonecos de cera, com peles perfeitamente hidratadas e cortes arquitetônicos. Saindo de lá, parcelei em três vezes uma camisa florida de R$110,00 que, destoando do restante do meu armário, parecia se adequar perfeitamente ao meu corpo.

Banho. Escova. Fio dental. Modelador no cabelo. Desodorante. Perfume. Roupa passada. Bala Halls no bolso. Uma hora antes do encontro eu estava digno de uma postagem sem filtro no Instagram.

No espelho percebi. Um perfeito idiota.

Era como se todos esses meses tentando me livrar de você e da necessidade de me modelar para que alguém gostasse de mim tinham ido para o ralo. Do que adiantou tudo aquilo? Todas as horas escrevendo essas merdas de cartas; todas aquelas consultas com a psicóloga; ter largado o estágio, ter lutado como um doido para conseguir um intercâmbio e reservado mais "tempo de qualidade" para mim se, na primeira oportunidade de encontrar com alguém que, de fato, eu pudesse me interessar romanticamente, eu jogava tudo pro alto, na ânsia de parecer perfeito para um homem?! E não era qualquer homem. Sendo mais específico, era o homem que havia me tratado como lixo humano por anos e cujo convite não indicava, pelo menos não explicitamente, nenhuma investida de cunho sexual ou romântico. Aparentemente tenho um padrão e estava, mais uma vez, repetindo os mesmos erros.

A hora do encontro se aproximava. Meu rosto, outrora perfeito, contorcia-se em caretas e lágrimas. A perspectiva de conseguir um ônibus até o Largo do Machado parecia cada vez mais longínqua, com a greve dos rodoviários que havia sido anunciada durante todo o dia, e os R$41,00 do Uber já não existiam na minha carteira depois de todo o investimento em cabelo, barba e bigode. Mais lágrimas.

Uma batida na porta do meu quarto. Dois rostos femininos de olhos esbugalhados. Deus, como eu sou grato por você ter me agraciado com duas mães! Apesar de geralmente significar o dobro de preocupação e também o dobro de vezes em que ouvi, com olhos revirantes, frases como "Leva o guarda-chuva, vai chover", "Não esquece o casaco", "Quantas vezes vou ter que repetir..." e "Eu te avisei", também significa duas vezes mais atenção à tempestade que acomete minha cabeça ansiosa. Elas viram minha euforia se transformar em uma tristeza profunda.

Quando dei por mim já estava dentro do carro, cercado pela rouca voz da Ana Carolina em alguma rádio de MPB. Enquanto meu cérebro corria para processar o que estava acontecendo com aquelas mulheres, elas dirigiam feito loucas, rumo às profundezas do Largo do Machado. Enfrentamos barulhos de tiro ao cruzar a Cidade de Deus, incontáveis quebra-molas e buracos ao longo das estradas do Rio de Janeiro e duas blitz da Lei Seca. Eram 22h05 quando me entregaram, são e salvo, ao bar onde o meu date já, tranquilamente, me esperava. Épicas, não é? Não me admira que você cobice a presença delas no seu casamento.

Ele estava em uma mesa de canto. Levantou-se para me receber, e eu torci para que o inchaço do meu rosto choroso houvesse passado, enquanto assumia consciência de que minhas pernas tremiam. Não era possível que aquele fosse o menino das mangas dobradas.

A primeira hora passou como conversa de elevador, enquanto *pints* de cerveja eram colericamente preenchidos por um sorridente garçom que parecia carregar uma criança de nove meses em seu estômago e uma irritante necessidade de mostrar serviço.

— Gostei da camisa, Warhol tem uma pintura com essas cores. Queria ter um estilo, minhas roupas são... Sei lá, muito roupa, não dizem nada... Eu nunca conseguiria sustentar esses tons por aí.

— Ah... Obrigado! Ela é nova, foi um presente. Kalil, qual é a sua?

— Qual é a minha? Tem algo de errado... Eu fiz alguma coisa? Foi algo que eu...

— Não... Sim! Tem, sim! Quer dizer, olha pra você! Você deve fazer isso o tempo todo com esse corpo, mas, tipo, olha pra você! Não te vejo tem meio século, e do nada você vira um bodybuilder veado com senso estético de Tumblr que me chama pra sair sábado à noite? Você acha que eu sou idiota?

— Eu não estou entendendo, falei alguma coisa errada?

— Você não falou nada, mas olha pra mim! Na moral, tô esperando algum dos seus amigos aparecerem aqui pra me jogar sangue de porco. Na real, isso seria ótimo, porque eu poderia me fazer de coitado e tentar virar uma subcelebridade, quem sabe um youtuber. Mas só corta esse papinho e pula pra parte em que...

Ele me beijou. Dentes bateram, línguas se encontraram enquanto o gosto de cerveja era substituído pelo gosto de boca. Nos afastamos quando o garçom apareceu para, mais uma vez, ofertar cerveja. Uma vela havia sido acesa dentro da minha cabeça, e, de preto, eu fiquei vermelho.

A ânsia do beijo se transformou no desejo de adentrar as narrativas da nossa vida.

A preocupação exagerada da família que continuava a mesma após os vinte anos.

As frustrações com a faculdade. A dificuldade cada vez maior de ganhar dinheiro fazendo o que ama. A dificuldade de descobrir o que ama fazer. As maratonas de série. As premiações injustas do Oscar. A treta da Taylor com o Kanye. Os candidatos para a eleição deste ano. Cinema nacional. África do Sul. Geopolítica russa. Copa do Mundo. Andy Warhol. Angela Davis. Demi Lovato. Christina Aguilera. O atentado dos cake pops. A inutilidade das *Instax*. Um pedido de desculpas pelas violências do passado.

Íamos devorando as palavras um do outro, em uma dança de comentários, referências e observações irônicas que fez com que cinco horas transcorressem como uma.

Já entorpecidos por uma considerável quantidade de uma cerveja gelada, que, se não fosse o marcador de papel já molhado e rasgado onde o garçom habilmente registrava cada nova garrafa, não teríamos consciência de quantas foram, Kalil fez uma oferta digna de alguém que já viu *Hoje eu quero voltar sozinho* um sem--número de vezes. Me encarando em silêncio, com aqueles olhos de infinito, perguntou se eu aceitava alugar uma dessas bicicletas disponíveis nos bicicletários das ruas da Zona Sul carioca e pedalar até a praia para ver o nascer do sol.

Eu normalmente não aceitaria. Você mais do que ninguém sabe que sou apavorado com a perspectiva de controlar algo frágil como uma bicicleta ao lado de carros e pedestres. Inclusive, na única vez que nos arriscamos a fazer isso, eu terminei todo ralado, concretizando os medos da cantora Ludmilla.

Não sei se foi o álcool, se foi um alinhamento de constelações desconhecidas pela minha pessoa, se foi o tom seguro da grave voz de Kalil ou um confiante eu interno esperando a oportunidade para me tornar um membro legítimo da Grifinória. Eu aceitei. Agarramos duas bicicletas cor de abóbora e, estampando sorrisos bobos, pedalamos lado a lado pela madrugada do Rio de Janeiro.

Percorremos as árvores do Aterro do Flamengo. Serpenteamos ao redor de postes que, tal como em um filme de terror, piscavam arritmicamente ao longo de uma paisagem quase deserta, com casais que, abrigados pela noite, alheios aos possíveis bêbados de bicicleta passando pelo local, desfrutavam do sexo um do outro. Pedalamos pela orla da praia de Copacabana, vendo o céu mudar de tons de preto para o roxo e do roxo para o lilás, enquanto o vento salgado cortava o rosto e berrávamos letras de música um para o outro. Andamos até Ipanema, onde, inconscientes de qualquer coisa além da presença um do outro, largamos as bicicletas e testemunhamos, de mãos dadas, o nascer do sol.

E ali, ignorando meu incômodo com areia e tremendo com o suor gelado depois de duas horas sobre aquela bicicleta com marcha pesada, demos outro beijo. E dessa vez eu senti aquilo que achei que só fosse possível com você naquele café, naquela quarta-feira.

Dentes não se encontraram dessa vez. A boca quente e firme, o gosto doce da língua e o aconchego do abraço de Kalil, que me embalou até o momento que o sol pairou, estável e despreocupado sobre o mar, me acordou. Tive noção da dor na panturrilha causada pelas pedaladas, da textura da areia que havia entrado no meu tênis e do gosto de sal nos lábios. Naqueles microssegundos eu me senti em casa. Eu me senti feliz.

Me pergunto se foi assim que você se sentiu comigo. Melhor, me pergunto se foi assim que você sentiu com ele naquele beijo em que eu, com olhos cristalizados na televisão, testemunhei da minha casa. Me pergunto se o que veio depois com ele foi tão doce e tranquilo quanto esse beijo na praia. Gostaria de saber se, ao contrário do que aconteceu com nós dois, essa sensação se tornou uma constante. Porque se foi assim, eu posso entender a urgência do seu casamento. Se eu pudesse segurar o calor que invadiu meu peito nessa manhã com um contrato e uma cerimônia extravagante, eu também o faria.

Estou em casa. Ainda suado, ainda com o tênis repleto de areia, ainda com o gosto dele na minha boca, e só quero que você saiba que eu entendo. Entendo como uma música pode mudar de significado e que usá-la no seu pedido de casamento não tira a importância do que ela foi para nós. Entendo como, sem aviso prévio, as coisas podem se transformar. Entendo como você conseguiu seguir em frente. Entendo que isso não significa que o amor que um dia compartilhamos, aquele amor embalado por café, militância e drag queens tenha sido falso.

Eu entendo.

Agora só me resta torcer para que o sábado venha ser a minha nova quarta-feira.

Rio de Janeiro,
10 de junho de 2018

> *You can't always get what you want*
> *But if you try sometime you find*
> *You get what you need*

"You can't always get what you want" — The Rolling Stones

Querido ex,

É engraçado como o tempo é sorrateiro, nos negando a percepção de um padrão acerca de sua velocidade. Nos dizem que o medimos de forma universal, mas isso é baboseira. Não há nada mais pessoal do que o tempo.

Eu não sei você, mas para mim realmente parece que foi ontem que você me levou naquele bar. Era o quê? Um bar viking? Lembro que tentava reproduzir uma taverna da Idade Média, com copos em formato de chifres e cervejas artesanais superfaturadas. Um lugar onde, para surpresa de todas as articulações do meu corpo, você havia conseguido juntar cada amigo, dos mais diferentes e distantes grupos, com o único objetivo de comemorar o meu aniversário.

Se eu fechar os olhos, ainda consigo me lembrar do acender de luzes, das vozes em uníssono gritando "surpresa" e daquela multidão de cores e pernas correndo na minha direção para me dar um abraço em grupo que deveria ter sido registrado em uma página no *Guinness Book*.

Foi o melhor presente que eu já havia ganho. Todos aqueles rostos conhecidos, em um bar do qual eu nunca ouvira falar, não fazia o mínimo sentido, de forma que fiquei, genuinamente, surpreso. Você, que tanto reclamava dos meus amigos e que fugia de qualquer encontro ou possibilidade de interação com eles, correra atrás dos números de telefone de mais de duas décadas de amizades, incluindo até as meninas que compartilharam giz de cera e meleca comigo nos longínquos anos de jardim de infância. Era inacreditável.

Eu sempre reclamei de nunca ter recebido uma festa surpresa e de como os dez anos de idade marcam a data auge das festas de aniversário, depois disso é só ladeira abaixo em termos de qualidade, relevância e quantidade de presentes, como *Glee* a partir da terceira temporada.

Você provou que eu estava errado.

Aquele bar mal-iluminado brilhava com toda a nossa euforia. Parecia que ele era só nosso, e que as poucas mesas que não estavam sendo ocupadas por algum dos convidados sumiam diante do movimento das mais de trinta pessoas que estavam ali por mim. Até a pretensiosa banda indie dos seus amigos (Como é mesmo o nome? Os macarons? Os croissant?) não me pareceu tão ruim, tocando versões folk das minhas músicas pop favoritas. O sequestro do microfone da banda pelas amigas da faculdade para cantar (se é que se pode chamar aquilo de cantar) "... Baby one more time", a Ágatha se agarrando com um garçom no lado de fora, minha tia cardíaca de setenta anos subindo na mesa para dançar "Tombei", a maior roda de verdade ou consequência já feita na história desta cidade (que gerou episódios como a Carol pedindo o número de telefone de um menino de 16 anos). A noite pareceu saída de um clipe de house party do Justin Bieber, e certamente seremos impedidos de voltar pelos próximos 21 anos naquele híbrido de pub, restaurante e taverna escocesa do século XIV.

Depois de cessadas as folias você foi lá para casa, mesmo correndo risco de vida ou de terminar a noite em uma delegacia, já que ambas as minhas mães estavam obviamente dirigindo embriagadas.

Nos dedicamos famintos e embaraçados em um sexo com gosto de cerveja e molho ranch, que durou até a hora em que o sol começou a sair e em que um galo cantaria caso morássemos em uma dessas bucólicas regiões de um musical. Eu adormeci nu, com a cabeça no seu peito e o corpo marcado pelo seu líquido seco. Entrelaçados. Tão fortemente abraçados, com pernas e braços encaixados, que parecíamos bordados um ao outro. Foi, certamente, um dos melhores aniversários da minha vida.

Mas as consequências ruins, já que aparentemente nada de bom vem sem um revés, estavam guardadas para quatro meses depois. E no seu aniversário elas explodiram na minha cara.

Às vezes ainda me pergunto se o meu suposto desleixo com sua comemoração de aniversário fez você perceber mais rapidamente que eu não era a sua alma gêmea. No tempo entre os nossos aniversários, promover um evento tão grande não passou pela minha cabeça. Ao contrário de mim, você sempre falou que não gostava de surpresas, então eu nunca cogitei isso.

Quando naquela tarde fria saímos para jantar no Nosotros, não passou pela minha cabeça que você esperasse um acontecimento épico em retribuição.

78

Estávamos nos afastando, nem sequer havíamos comemorado nosso aniversário de namoro na semana anterior. Você me evitava usando o mestrado como desculpa, e eu me frustrava cada vez que você dizia que precisava de tempo, enquanto me proibia de sair sozinho. Como eu ia saber o que você esperava de mim se a gente mal conversava? Se todas as tentativas de reaproximação acabavam em brigas madrugada afora, com direito a lavagem de roupa suja e você sempre esfregando na minha cara o quanto estava infeliz?

Pensei que vestir um sorriso e dedicar horas para encontrar o presente ideal tinha sido suficiente. Afinal, eu te dei um globo terrestre que se acendia no escuro com tons azulados e revelava as constelações; presente que, diga-se de passagem, precisei parcelar em quatro vezes sem juros. Mas não, não foi suficiente.

Você não escondeu sua cara de insatisfação a noite toda. Qualquer demonstração de carinho minha era rebatida com um comentário, na melhor das hipóteses, seco, e, na pior, terrivelmente irônico. Meus toques na sua perna ou minha mão no seu ombro eram recebidos com um corpo retesado pedindo distância.

Naquela mesa, no canto ao seu lado, enquanto você dedicava uma animação forçada para falar com seus amigos, eu estava sozinho. Depois de todo o meu esforço para fazer comentários sobre os filmes que vocês citavam, dar palpites clichês sobre a situação política do país e sempre tentar rir das piadas para me sentir parte do seu dia, parte da sua vida, eu desisti.

Antes de pedir a conta e ir embora, fui ao banheiro, me sentei sob a tampa da privada e chorei. Chorei porque antes daquela noite eu achei que as coisas iam mudar. No auge da minha inocência distraída, realmente acreditei que aquela cartinha e aquele globo de luz pudessem ajudar a colocar nosso relacionamento no eixo, que aquele jantar era justamente o que você queria, uma combinação especial do sutil com o belo.

Depois de terminados os burritos e as quesadillas, não houve nenhum convite para te acompanhar até a sua casa, te acompanhar até o seu quarto. Não houve o sexo entorpecido pela mistura de euforia com álcool. Não houve o adormecer no aconchego do seu abraço. Não houve seu gozo na minha pele ou suas pernas entrelaçadas nas minhas.

Eu adormeci só de madrugada, para acordar algumas horas depois, descalço, na varanda, sentindo a garoa em mim. Voltei a ter crises de sonambulismo.

No domingo seguinte ao seu aniversário tudo que fizemos foi responder um ao outro com mensagens despidas de qualquer sensação de familiaridade. Todo o nosso namoro passou pelos meus olhos como um filme. Em cada imagem, em cada cena, eu, mais do que tentar identificar o que e onde as coisas haviam desandado, me dedicava a uma sofreguidão digna de um filme do Lars Von Trier.

Olhando para trás agora, eu deveria ter notado que o fim era somente uma questão de tempo. Você havia deixado isso bem claro, só eu não percebi. Não quis perceber.

Ontem, quando acordei, passei quinze minutos olhando as moscas no teto. Vinte e um anos e a minha preocupação era ter como comemoração uma versão empobrecida da balbúrdia que você planejou para mim ano passado. Minha festa de autopiedade foi interrompida por uma gritaria repentina fora do meu quarto. As meninas haviam chegado. Finalmente, meu aniversário.

Um quartel marchava carregando panelas, sacolas e caixas de papelão com peças de decoração que iam do Natal até São

Cosme e Damião. Minhas mães se dedicaram a uma decoração digna do planetário de *La La Land*. Com a ajuda de Larissa, trançaram as árvores do quintal com pisca-pisca, luzes coloridas e lanternas vermelhas de papel, como aquelas dos restaurantes japoneses. Já eu e Ágatha ajudávamos a avó Abigail, que viera de Belo Horizonte até o Rio, a cortar carne, fritar pastéis e montar uma bela travessa de petiscos.

A mesa tinha lugar para dez pessoas e estava coberta com um pano azul estrelado e decorada com vasinhos repletos de flores amarelas. Uma cena da *Noviça rebelde*. Ao redor foram espalhadas toalhas de piquenique, almofadas e pufes coloridos que cobriam toda a extensão do quintal. A tarde caiu e ainda conferíamos se todas as bebidas estavam devidamente geladas, as comidas, prontas, e a máquina de karaokê funcionando, quando os convidados começaram a chegar.

Vieram todos. Amigas da faculdade. Amigos do curso de inglês. Antigos colegas de estágio. Meu leal grupo do Ensino Médio, me dando de presente a presença de todos, em peso, prova de que meus furos estavam perdoados. Kalil. Eu havia convidado ele de última hora e, apesar de nossa aproximação desde o encontro, eu não esperava que ele fosse aceitar vir na minha casa. Pelo menos não agora, não tão cedo.

Não o apresentei para as minhas mães como nada além de um amigo, mas o buquê de girassol que carregava ou o olhar de bobo nos meus olhos devem ter denunciado. Se aprendi algo nesses sete meses sozinho foi que eu preciso ir com calma. Não tenho capital emocional para arcar com os custos de outro relacionamento. Não agora. Por mais que aquele perfume amadeirado e rosto perfeitamente desenhado sejam um convite para eu me perder em mais uma história de amor e drama, eu preciso res-

81

peitar meu tempo. Não posso correr, ainda estou engatinhando. Então, não, nada de apresentação formal.

Com o passar da noite, os risos, conversas engajadas em que um tópico se sobrepunha ao outro e o prazer que só comida de vó é capaz de deixar na boca, os resquícios daquele aniversário que você me deu ano passado desbotaram. Ágatha e Larissa desempenharam com maestria o papel de amigas, saindo de seus colchões no chão para se espremerem ao meu lado na cama. Lágrimas tomavam nossos olhos e a barriga se contorcia em dor, enquanto gargalhávamos por motivos incapazes de serem explicados. Kalil foi o último a deixar a minha casa, já de madrugada, me presenteando com um beijo que eu havia esperado durante toda a celebração.

O calor do sexo que compartilhei com você, nessa mesma cama, nesse mesmo dia no ano passado, foi substituído pelo prazer das horas de conversas, confissões e piadas que dividi até o amanhecer com as minhas amigas.

Eu acordei há poucas horas. Ao ligar a televisão do quarto em um volume quase inaudível, a primeira coisa que vi foi seu rosto sorrindo para mim.

Olhava diretamente nos meus olhos. Da sua boca saíam palavras encorpadas com sua típica eloquência, que passa pelos gestos do seu corpo inteiro. Você não precisava ter verbalizado, sua imagem refletia o quanto estava feliz por apresentar o primeiro episódio do seu programa.

A despeito das inúmeras propagandas, esqueci completamente que era hoje que seu talk show estreava. O que me surpreendeu, mais que essa coincidência de datas, foi que, dessa vez, meus dentes não rangeram ao te ver na TV. Dessa vez eu esbocei um sorriso enquanto você fazia uma daquelas suas piadas sem graça,

82

mas que fez a plateia gargalhar, provavelmente motivada por produtores que levantam placas instigando as expressões desejadas.

Durante uma hora me perdi na televisão ao te acompanhar nas entrevistas com celebridades e desconhecidos nessa manhã de domingo. Minha atenção só foi desviada quando minhas mães entraram no quarto, trazendo um envelope fechado que, na correria do dia anterior, haviam esquecido de me entregar.

Meus gritos ainda ecoam nos ouvidos das pobres almas que estavam ao meu redor. Dentro do envelope, uma passagem para a África do Sul e uma cartinha assinada por parentes de todos os cantos. Com a caligrafia afetada, minha mãe disse ali que eles se juntaram para arcar com a despesa do meu semestre, DO SEMESTRE INTEIRO NA ÁFRICA DO SUL! Era basicamente um ticket dourado da *Fantástica fábrica de chocolate* que me concedia os seis meses de estudo na Universidade da Cidade do Cabo!

Os gritos e tremores de euforia involuntários já cessaram e seu programa deu lugar a uma competição de cantores mirins. Talvez a vida não seja uma grande armadilha. Talvez a vida não seja um grande reality show que me escolheu como o vilão que recebe todos os tomates podres e xingamentos nas redes sociais. Mas só talvez.

Só mais uma coisa (e essa será a primeira vez, e provavelmente a última, que vou dizer isso de forma genuína): parabéns. Parabéns pelo programa (que no final das contas tem muito pouco do nosso projeto de canal e é razoavelmente divertido) e parabéns pelo casamento que se aproxima.

Acho que você, de alguma forma, merece.

Rio de Janeiro,
13 de junho de 2018

Have you heard me on the radio, did you turn it up?
On your blown-out stereo in suburbia?
Could be playing hide and seek from home
Can't replace my blood
Yeah, it seems I'm never letting go of suburbia

"Suburbia" — Troye Sivan

Querido ex,

Ontem foi um dia estranhamente feliz.

Os mais cinco minutinhos de sono desencadearam uma correria na minha manhã que me fez esquecer que era Dia dos Namorados. Ao longo do ano, sempre que olhava para o 12 de junho minha barriga revirava e eu era obrigado a correr para o banheiro. Esperava estar completamente fora de mim frente a essa efusão de flores, chocolates e declarações potencialmente falsas de casais que eu nem sequer sabia que existiam nas redes sociais. Eu estaria só, e a solidão em uma data que demanda companhia é apavorante.

No ano em que passamos juntos fingimos não dar muita atenção para essa data. Sustentados pela característica arrogância da nossa geração, tentávamos provar um para o outro quão pós-modernos éramos, inflando o peito para dizer que compactuar com o Dia dos Namorados significava endossar a monetização e transformação do afeto em commodity pelo capitalismo. Quanta originalidade, não é?

Conforme esperado, frente à efemeridade das nossas certezas juvenis, as propagandas nos pontos de ônibus e os filmes em cartaz falaram mais alto. Nós cedemos à pressão do cupido capitalista. E que alívio foi poder jogar para o alto aquela pose de "somos um casal bom demais para isso".

Floreada por comida japonesa, entregue por um delivery que, dada a estranha associação entre romance e peixe cru, demorou mais de três horas para chegar, nossa noite acabou com pipoca, brigadeiro e uma maratona de *Unbreakable Kimmy Schmidt*. O sushi e o sashimi substituíram o pão e leite do nosso café da manhã. Aparentemente seus dias de endosso da simplicidade e críticas prolixas ao capitalismo ficaram para trás. Afinal, foram você e seu excelentíssimo noivo na televisão que me lembraram que 12 de junho é o Valentine's Day brasileiro. Para quem ria da data, até que atuou muito bem nesse comercial de plano de dados para casais... Quem diria que você também daria um ótimo ator.

Felizmente esse espanto só aconteceu porque o tempo livre que eu havia conquistado com a minha demissão está sendo agora ocupado pela correria de organização desses seis meses na África. Tenho menos de sessenta dias para ajustar toda a documentação e decidir as matérias eletivas que vou cursar na Universidade da Cidade do Cabo. Além disso, preciso me afogar em uma patacoada de exercícios de Macroeconomia, uma vez que uma potencial terceira reprovação vai levar não só ao fim desse sonho sul-africano como também da minha existência, já que minhas mães me esfolariam vivo, no melhor estilo *Game of Thrones*, depois de todos os reais investidos na passagem.

De qualquer forma, seu comercial foi o presságio de uma tragédia.

Já que vocês são quase o #Brumar do momento, o senhor provavelmente não teve nenhum problema no famigerado 12 de junho para além de fazer seja lá o que as pessoas milionárias façam nas semanas antes de um casamento luxuoso. Provar o bolo? Arrumar o terno? Escolher as músicas? Não estou casando, então não sei. Mas eu, na minha realidade descolorida frente à eterna empolgação que parece envolver seus dias, me vi em um beco sem saída.

Duas ligações. Quinze minutos entre uma e outra.

Todas aquelas comédias românticas sobre o Dia dos Namorados como um momento cheio de estresse e confusão começaram a fazer um pouco mais de sentido. Em meia hora eu havia me tornado a protagonista loira e carismática. Completamente confuso e desesperado.

Kalil havia me convidado para um tradicional encontro. Um filme de terror norte-americano, com os assentos namoradeiros previamente reservados pelos ingressos que ele havia comprado na noite anterior. Ele deve ter ouvido os meus batimentos cardíacos do outro lado da ligação. É loucura da minha cabeça ou sair com ele no Dia dos Namorados significaria que já somos um pouco mais que duas pessoas se conhecendo? Como joguinho é uma coisa naturalmente bloqueada pelas minhas sinapses cerebrais, eu aceitei de cara aquele convite matutino, sem esconder um centímetro de toda a empolgação que transbordava por todo o meu eu.

Mas como não podia deixar de acontecer em uma típica narrativa romântica, o segundo ato veio com as escolhas difíceis e a sequência de desventuras que empurram a protagonista fofa até o limite dos seus sentimentos.

A ligação da Ágatha veio logo em seguida. Uma lembrança de que as meninas, tanto as que namoravam quanto as que estavam solteiras, iam se reunir na festa de DEScomemoração na casa dela. Uma festa sobre a qual eu supostamente havia sido avisado, e, pior, à qual eu havia concordado em ir, na semana anterior. Uma festa para a qual eu deveria ter comprado chocolates caros e rosas vermelhas. Uma festa em que nenhum namorado, crush, ficante, sugar daddy ou boy era permitido. Não havia como cancelar. Elas não aceitariam uma desculpa mais uma vez. Com a voz trêmula, balbuciei um sim.

Até o fim da tarde só restava um rubro sabugo nas minhas unhas. Se eu desmarcasse com elas, estaria mais uma vez caindo no padrão de comportamento que me tornou o arquétipo da pessoa que abandonava amigos por causa de homem. E, depois de todo o apoio, tanto emocional quanto prático, já que elas não só criaram a minha festa de aniversário semana passada, como também aturaram minhas mães falando sobre receitas do YouTube e violência policial por mais de seis horas, eu não tinha como negar.

Mas como desmarcar com Kalil? Apesar do pouco tempo, meus sentimentos por ele pareciam cada vez mais urgentes. A perspectiva de vê-lo finalmente tornava alguma passagem do *Pequeno príncipe* factível. Eu me sentia como a raposa que, horas antes de encontrar seu príncipe, já inflava o peito com genuína alegria. Além disso, sendo só um pouco mais realista, eu ainda não o conheço suficiente para saber como reagiria frente a uma mancada dessas. Ele disfarçaria a frustração com uma compreensão forçada? Ele tentaria marcar outro encontro? Ou ficaria extremamente incomodado com a minha falta de organização e empenho e dizer, em meio a gritos e lágrimas, que nunca mais ia querer olhar na minha cara?

As horas que antecediam o encontro iam ficando mais pesadas a cada minuto que passava. O ódio eterno de Kalil por mim parecia cada vez mais provável e, no final do tempo de Francês II, minha cabeça o transformara de príncipe encantado em algo muito pior. Ele havia se tornado você. Eu havia projetado nele todas as suas características.

Deixa eu te explicar em cinco passos o roteiro redigido pelo meu cérebro: 1. Ele inicialmente ficaria imbuído de uma atitude passivo-agressiva, fingindo compreensão. 2. Ele iria me ignorar. 3. Esperaria que eu o procurasse. 4. Gritaria comigo, reconhecendo o grande desastre que eu sou. 5. Terminaria tudo.

Mais uma vez tudo se repetia. Enquanto meus colegas de classe se cobriam com casacos, eu suava, usando as mangas da camisa como toalha. Sempre que eu acho que as coisas estão mudando e que estou fortalecido, vem algum lembrete dos céus para me mostrar que eu ainda estou no jardim de infância na escola de maturidade emocional. Eu estava tendo o meu dia completamente perturbado pela perspectiva do que um carinha que mal conheço iria achar de mim, e também pelo seu fantasma. E quando finalmente consegui estalar para fora daquela, quase, hipnose ansiosa, já parecia tarde demais.

Minha aula tinha acabado, e faltava uma hora e meia para ambos os encontros. Eu só queria me esconder. Queria fugir para casa. Queria inventar uma desculpa envolvendo febre de 48 graus. Queria que a Bíblia estivesse correta e o arrebatamento acontecesse naquele minuto, levando a mim ou Kalil ou as meninas ou todo mundo de uma vez.

Contudo, as trombetas do apocalipse não foram soadas. Uma bactéria alienígena não entrou no meu corpo e minha casa não virou um refúgio possível. Eu precisava tomar uma atitude, e foi sua memória em mim o combustível para a ação.

Eu havia conseguido caminhar muito desde o fim do nosso namoro. Se agora eu estou no jardim de infância, há um ano estava no berçário. Fala sério, a despeito de todas as vezes que ouvi da sua boca que nenhum homem além de você iria me amar e mesmo tendo acreditado por tanto tempo que o meu, agora famoso e rico, ex-namorado estava certo quando deixava subentendido que minha aparência e personalidade eram completamente irritantes, eu cheguei até aqui. Estou vivo, seu filho da puta! Estou redescobrindo o afeto, enquanto vejo minha vida caminhar pelos rumos que eu tanto quis. Eu não sou tão covarde e não iria me sabotar mais uma vez. Não agora que as coisas estão, finalmente, indo bem.

Dessa vez não precisei da ajuda das minhas mães. Respirei fundo e, com os dedos tremendo, telefonei. Minha voz reticente contrastou com o tom firme e carinhoso de Kalil. As palavras foram cuspidas e eu desmarquei tudo. Era a coisa certa a fazer.

Meu coração encolheu com a reação dele. Kalil não fingiu que estava tudo bem, naquele tom que silenciosamente grita que nada está bem. Ele ficou bem chateado. Já estava se arrumando, já havia comprado os ingressos. Queria que eu tivesse avisado antes. E eu concordei. Não havia nada que eu pudesse fazer, e, apesar do meu peito e todo o restante do meu corpo estarem de joelhos implorando para que eu saísse com ele, eu não pude ouvi-los. O dia era dos namorados, mas com as minhas meninas era onde eu deveria estar.

No caminho entre a faculdade e a casa da Ágatha, música nos meus ouvidos. Eu vibrava desatento com cada faixa perfeitamente escolhida pelo Daily Mix do meu Spotify, enquanto passava por coloridas barracas onde desavergonhados vendedores abordavam pedestres na tentativa de vender os escandalosos buquês de flores naturais e/ou artificiais. Motoqueiros cortavam os ônibus, equilibrando flores no colo. Casais lotavam restaurantes, e a loja de chocolates risivelmente caros onde parei para comprar os presentes estava tão desabastecida quanto cheia de clientes, me obrigando a levar o exemplar mais caro da linha (uma coleção de bombons em formato de conchas do mar que, no fim das contas, tinha gosto de gordura hidrogenada).

A casa da Ágatha cheirava a bolo e biscoito. Travessas de cookies saíam do forno enquanto Larissa, Carol e Elton arrumavam os talheres e pratos sobre guardanapos pretos. A macabra decoração incluía vasos cheios de rosas murchas e toda a discografia da Lana Del Rey amplificada pela casa. O cardápio, comida mexicana com bolo de chocolate e cookies com sorvete de chocolate amargo de sobremesa, foi perfeitamente escolhido para fazer com que nos sujássemos com a abundância de ingredientes dos burritos e os farelos das tortilhas e nachos. Deus, como eu amo minhas amigas.

Falamos mal de homens, apostamos partidas no *Super Smash Bros* e compartilhamos histórias típicas de festa dos ex-namorados. Brochadas na hora H, carinhas que têm nojo de fazer sexo oral, dates que pareciam um sonho no aplicativo de namoro mas um pesadelo na realidade e ex-namorados que acabaram com sua saúde mental, ficaram milionários e viraram subcelebridades.

Kalil continuava na minha cabeça, mas meu coração estava em paz.

A vida sempre guarda surpresas. Mais do que ninguém, você sabe disso. E o incrível é que são justamente essas surpresas que tornam tudo inusitadamente divertido. São elas que dão vida à própria vida.

Quando o relógio bateu meia-noite, quando já não era mais 12 de junho e encaixávamos, preguiçosos, os colchões para dormirmos os cinco de nós um em cima do outro, o milagre da festa dos ex-namorados aconteceu. A campainha tocou e Ágatha, com um olhar ansioso como o de uma criança esperando por uma encomenda especial, foi até a porta atender.

Lá estava ele. Congelado com um sorriso sem dentes. Uma perfeita visão em cores.

Eu estava de pijama, escova de dente na boca e contando uma infame piada envolvendo gases quando ele apareceu daquele jeito, quase flutuante, com o cabelo perfeitamente penteado, um superstar branco, jeans skinny e uma camiseta branca sobrepujada por um paletó preto, para não deixar dúvida alguma de que aquele ainda era o nosso encontro de Dia dos Namorados.

Eu tenho as melhores amigas do mundo. Apesar de todo o combinado e das reclamações sobre o meu súbito envolvimento com Kalil, Ágatha secretamente ligou para ele e contou tudo o que tinha acontecido. Resultado, ele combinou com ela de aparecer no final da nossa festa.

Com uma carta branca para pular o sleepover e sem trocar de roupa (por insistência de Kalil e do pessoal, que praticamente me intimava a ir logo), saímos de mãos dadas enquanto os gritinhos nada discretos das minhas amigas ficavam para trás.

Não fui capaz de dizer uma palavra. Ele me olhou e soltou um "belo pijama", acenando para a minha desbotada camisa com a cara da Demi Lovato e shorts cor-de-rosa. Entramos no carro e tudo que consegui foi bocejar um pedido de desculpas. Kalil gosta de responder as minhas perguntas idiotas com um beijo.

Fomos até o drive-thru de um fast-food qualquer e tivemos nossa ceia, já não mais no Dia dos Namorados, no carro. Uma madrugada embalada por conversas e beijos com gosto de molho especial.

Os pais de Kalil haviam viajado e, sem pensar duas vezes, aceitei o envergonhado convite para compartilhar a cama dele. Era o mínimo que eu podia fazer pela parte do meu coração que suplicara por aquele calor durante todo o dia.

Acho que por ter passado tanto tempo no seu quarto antes de sermos um par, eu nunca percebi o quanto ele dizia sobre você. Seus livros perfeitamente organizados por cor. Sua bancada impecável com porta-copo e certificados de prêmios e cursos emoldurados ocupando todos os espaços livre da parede eram a sua personificação em um cômodo.

Na madrugada de hoje, entrei pela primeira vez no quarto dele. A cama de casal nivelada no chão, coberta por lençóis perfeitamente passados, pôsteres com cópias dos quadros e fotografias do Andy Warhol por todos os lugares e estantes com bonecos Funko de séries que eu não sabia nomear. Eu estava descobrindo uma parte secreta dele, tão bonita quanto o restante que havia me mostrado.

A minha silenciosa observação foi substituída pelo quente abraço de Kalil ao meu redor e pelo cheiro do perfume. Sem racionalizar, deixei meu corpo falar e quando, pela primeira vez, tive Kalil dentro de mim, gozei sobre meu próprio corpo sem encostar no pau. Pareceu sagrado.

Agora o sol nasce. Ainda estou no quarto de Kalil. Ele está deitado ao meu lado e, que merda, até babando ele é bonito.

A despeito do meu coração estar aqui, o meu cérebro está aí com você, insistindo em comparar o sexo de vocês dois.

Transar com você sempre me pareceu como fazer uma prova. Eu precisava desempenhar os movimentos certos, pegar nos lugares certos, na hora certa, com a intensidade certa, esperando que minha nota final fosse suficiente para garantir uma aprovação, materializada na possibilidade de continuar sendo seu. Obviamente tivemos momentos de prazer descontrolado, mas, na maioria das vezes, era assim que eu me sentia.

Hoje posso dizer que nunca protestei por medo de te perder, como se reconhecer a própria existência daqueles testes implicasse uma reprovação automática. Mas agora, depois de sentir a gentileza e a doçura dessa noite nos braços dele, eu pude perceber quão mecânico e tenso o sexo era com você.

Agora eu consigo te dizer. Não preciso me provar. Não preciso de um professor.

Não preciso das suas notas.

Feliz Dia dos Namorados, meu querido ex.

Rio de Janeiro,
14 de junho de 2018

Sempre fiquei quieta, agora vou falar
Se você tem boca, aprende a usar
Sei do meu valor, e a cotação é dólar.
Porque a vida é louca, mano, a vida é louca.

"Dona de Mim" — Iza

Querido ex,

Primeiro eu ouvi a voz e só depois vi a mulher boquiaberta, parada na porta do quarto de Kalil. Eu estava deitado, nossos corpos grudados, nus na cama, as roupas amarrotadas em um bolo no chão, quando a mãe dele entrou.

Meu olho ainda não tinha se acostumado com a luminosidade no fatídico momento em que ela estancou na porta, testemunhou a cena por alguns segundos, engoliu seja lá o que pretendesse falar e bateu a porta, sem soltar um pio.

Eu acabara de conhecer a minha sogra em potencial da maneira mais constrangedora possível.

Ao meu lado, Kalil roncava, inconsciente da tragédia. Eu me levantei da cama, desembolei minhas roupas e joguei aqueles panos amassados sobre meu corpo. Pulando em um pé só para calçar a meia, sacudi Kalil até que acordasse. O menino abriu os olhos, sorriu e me puxou de volta para a cama. Me desvencilhando do abraço, contei em um só fôlego o que acabara de acontecer: sua mãe viu a gente. Eu precisava ir embora, não iria causar mais problemas.

Ele arregalou os olhos e abriu a boca. Ficamos em silêncio. Finalmente, Kalil se levantou, se vestiu, me segurou pelos ombros e me colocou sentado na cama. Então pediu que eu esperasse, que eu não fosse embora, não ainda. Não era para aquilo ter acontecido. A mãe deveria chegar somente no dia seguinte, mas ele resolveria a situação.

Eu meneei a cabeça em uma afirmativa e ele se foi, largando a porta semiaberta, de forma que me esgueirei para trás dela e tentei ouvir a conversa como o bom fofoqueiro que você sabe que sou.

A despeito do meu esforço, não fui capaz de ouvir mais do que alguns sussurros. Pelo que entendi, a mãe de Kalil brigou com o pai e voltou da viagem antes do planejado, largando o marido sei lá onde.

Seja lá o que tivesse acontecido, aquele era, sem dúvida, o pior cenário para ela testemunhar o filho pelado na cama com um garoto que ela nunca viu na vida. Não faria sentido algum eu permanecer ali.

Corri de volta para a cama assim que ouvi os passos de Kalil se aproximando. Ele entrou quase saltitante. Fiz uma careta ao ver que ele estava sorrindo de canto a canto da boca. Te juro, o sorriso cheio de dentes naquele rosto era a última coisa que eu estava esperando. Kalil se aproximou de mim, segurou minha mão e falou que estava tudo bem. A mãe, dona Tânia, queria que eu ficasse para o café da manhã.

Eu exigi que ele repetisse a frase, eu precisava ter certeza de que estava entendendo tudo direitinho. Não era possível que a mãe dele quisesse qualquer tipo de interação comigo depois do que vira, tinha alguma coisa de errado ali, só pode.

Por dentro, eu estava gritando em pânico e correndo em círculos. Afinal, a vez que conheci a sua mãe está em alguma posição de destaque no ranking dos piores dias da minha vida. A despeito de ter sido em uma circunstância que não envolvesse ela testemunhando o meu corpo nu, como no caso da pobre da Tânia, aquela noite não poderia ter sido mais constrangedora. Talvez eu pudesse até acrescentar o "conhecer a sogra" na minha longa lista de traumas causados pelo senhor.

Mas eu me controlei. Kalil não é você, e a mãe dele não é a sua. Então respirei fundo e concordei. Com uma falsa segurança, sorri de volta. Seria um prazer.

— Noitada, hein? Tão até com a pele brilhando!

Engoli o riso e enrubesci, Kalil fez um protesto debochado e no segundo seguinte estávamos os três rindo. Como mágica, com uma única frase, a tensão se dissipou e eu não tinha mais dúvidas de que estava tudo certo.

Na nossa frente, Tânia andava de um lado para o outro, arrumando uma mesa de café da manhã digna de novela das nove, com direito a granola, iogurtes, geleias de sabores que eu nem sabia que existiam e muitas coisas coloridas e maravilhosas. Era uma refeição para três, Tânia se dera ao trabalho de separar uma xícara e um prato para mim.

Sentamos os três, Kalil não largava a minha mão e o que tinha tudo para ser uma das situações mais constrangedoras da história das situações constrangedoras, mostrou-se uma das manhãs mais divertidas e, por que não, surpreendentes da minha vida.

Quando Kalil falara de sua família em nosso primeiro encontro, eu esperava encontrar um monte de fundamentalista religioso. Achava que a mãe dele fosse tipo uma daquelas mulheres poderosas de *The Handmaid's Tale*, que usam somente vestidos abaixo do joelho e fazem saudações cristãs em toda e qualquer oportunidade. Não, nada disso. Tânia usava short jeans, sombra verde; conversava sobre gatos e debochava da popularização de títulos de livros de autoajuda com palavrões ("só falta algo, tipo, emputeça-se, francamente").

Em certo momento as gargalhadas cessaram. Tânia começou a reclamar do marido. Ela já não conseguia mais ouvir uma frase saindo da boca dele sem querer unhá-lo por inteiro. Mas até mesmo lamentando as tragédias do casamento, Tânia conseguia ser mais agradável que a minha ex-sogra.

Esse café não poderia ser mais diferente de qualquer um dos que tomei ao lado da sua mãe ao longo dos últimos anos; não poderia ser mais diferente do que a traumática noite em que você, finalmente, me apresentou para ela como o seu namorado.

Eu deveria saber que aquele encontro forçado ia dar muito errado. Horas antes de nos encontrarmos você já estava desbaratinado, mandando mensagem atrás de mensagem para confirmar o horário e me obrigando a enviar fotos das minhas roupas, até que eu alcançasse o visual "adequado para a ocasião".

Eu já nem tinha mais unha para roer.

"Não mencione que você tem duas mães, melhor esperar um pouco mais." "Não fale palavrão." "Use uma camisa de botão." "Não vá com aquela calça jeans rasgada." "Não use aquele seu perfume doce, aquele de mulher." Uma série de ordens que culminaram com você me entregando uma CAIXA DE FÓSFOROS para que eu guardasse no bolso caso eu precisasse usar o banheiro. Até então eu nem fazia ideia de que acender um fósforo acaba com o fedor de cocô e, francamente, tenho lá minhas dúvidas se isso é verdade. Felizmente, é algo com que eu NÃO PRECISO MAIS ME PREOCUPAR!

Depois de tanta perturbação, cheguei trinta minutos antes do combinado. Você abriu a porta do apartamento e ficou me segurando do lado de fora, puxando papo sobre nada até que o relógio chegasse na hora apropriada. Sua roupa estava tão bem--passada que poderia sair andando sozinha, mas o suor na sua testa e em cima dos lábios entregava o que você queria esconder.

Eu lembro de ter te achado tão charmoso com a testa suada... aquele nervosismo porcamente disfarçado pela postura ereta e sorriso trêmulo te cobria com uma camada de humanidade que só conseguia tornar mais atraente o manequim sem defeitos que você fingia ser quando desfilava ao meu lado.

Sua mãe te deixava mais humano, o que não significa que ela te tornava uma pessoa melhor.

Quando você autorizou minha entrada eu mal conseguia andar, tremia dos pés à cabeça. Naquela noite eu não bebi nada. Não aceitei nem um copo de água, para que sua mãe não percebesse o quanto eu estava tremendo. Eu fiquei lá, mais seco que o deserto do Saara, engolindo aquela carne de porco salgada com as mãos escondidas no colo.

Mas o pior de tudo foi que, mesmo com o cursinho preparatório para conhecer a senhora sua mãe, eu não estava preparado para aquela noite.

No início, quando ela se recusou a apertar minha mão, eu achei que você namorar um menino fosse o problema para ela. Mas logo ficou bem claro que namorar um menino preto era o que a incomodava de verdade. Era a cor e não o gênero, o problema.

Durante aquelas duas horas, sua mãe notou os meus "traços exóticos"; mencionou que talvez a carreira de administrador de empresa não fosse tão "apropriada" para mim e que ela esperava que "meninos como eu" se identificassem mais com "esportes" ou "atividades manuais"; sem falar do momento em que ela abriu o celular e ficou me mostrando as fotos dela com seu ex--namorado.

Ao meu lado, você só sorria e ditava o meu currículo em toda e qualquer oportunidade, como se o fato de eu estar aprendendo francês ou de estudar em uma das melhores universidades do país compensasse a minha cor.

Quando você pegou a jarra para servir mais suco para ela, eu percebi que você também tremia. Mais do que eu, você estava desesperado para agradar a sua mãe. E eu tive pena. Relevei sua inércia frente ao show de comentários racistas daquela mulher pois ponderei que a vítima ali fosse você.

Eu não sei tudo que há de errado na relação de vocês dois e não me importa mais. Imagino que a dona Valentina esteja bem satisfeita por você ter voltado aos trilhos e conquistado um namorado à sua altura, um namorado branco. Aposto que você está bem alegrinho por ter sido, finalmente, capaz de impressioná-la, né?

Todas as outras vezes que estive com vocês era aquela mesma tensão. Mesmo com o passar dos anos, mesmo Valentina tendo conhecido minhas mães, mesmo com a suposta — e imposta — intimidade que viríamos a ter, nada se compara ao que, em alguns segundos, eu senti ali, na casa de Kalil.

Ao lado de Kalil e Tânia, tirei a mesa do café. Eles insistiram para que eu ficasse para o almoço mas eu precisava ir para casa, certamente as senhoras minhas mães estavam preocupadas.

Kalil se despediu de mim com um selinho. Tânia me puxou em um abraço, olhou no fundo dos meus olhos e disse que eu seria sempre bem-vindo na casa dela.

99

Querido ex,

Essa carta deveria ter acabado no parágrafo anterior. Ela deveria acabar ali. Ela precisava ter acabado ali! Tudo que eu queria é que nada mais tivesse acontecido no dia de hoje, que eu não tivesse nada mais para te contar.

Mas a vida é uma bela de uma desgraçada.

Assim que eu escrevi aquele ponto final, há alguns minutos, me levantei da cadeira, deixando a caneta sobre o papel. Fui até a cozinha, peguei um copo de água. A televisão da sala estava ligada e eu ouvi um nome saindo da boca do repórter.

Daniel. Eu parei na frente da tela e, boquiaberto, testemunhei o que o homem com o microfone falava.

Daniel. Não adiantou fugir. Não adiantou fingir.

Eu não quero acreditar no que acabei de ver. Não posso acreditar no que eles estão falando. Mentira. É mentira. Vou acordar e vou descobrir que é tudo mentira.

Eu peguei o celular e, sem pensar duas vezes, liguei para ele. Finalmente liguei para Daniel. Ninguém atendeu.

Minhas lágrimas vão acabar rasgando o papel. Eu não consigo continuar.

Rio de Janeiro,
15 de junho de 2018

That's such a rhythm in my life these days
So I hold on tight and I learn to behave
Because I lied to you I lied to your face in the summer

"Goodmorning" — Bleachers

Querido ex,

Às vezes, mais que às vezes, eu me odeio. Odeio como eu tenho a capacidade única de arruinar as coisas boas que acontecem comigo. Odeio como fico tão perdido no meu próprio umbigo que esqueço de tudo ao meu redor.

Desde a última carta, desde o momento que fui testemunha daquele jornalista na televisão repetindo o nome e sobrenome do Daniel, do meu Daniel, não há mais vida dentro de mim.

Tenho evitado as insistentes ligações de Kalil, recusei o convite das meninas esse final de semana e minha lista de tarefas só aumenta. Meu quarto é o único lugar onde quero estar e dormir é tudo que quero fazer. Me forcei a deixá-lo somente para ir na consulta com a psicóloga. Não adiantou esperar o exorcismo dos meus fantasmas. Eles não se foram.

E foi o que aconteceu ontem. A hora de te contar tudo chegou. Eu não posso mais adiar.

Como sempre, Luciana me esperava em sua sala lilás, que, com o cheiro de essência de canela e música instrumental dos Beatles, acalmou meus músculos. Ali pude respirar aliviado, e, só de abrir a boca, as lágrimas começaram a sair.

— Eu preciso te contar sobre o que me trouxe aqui naquele dia... o dia da emergência.

Só ali percebi o quanto a atmosfera do meu quarto havia se tornado sufocante. Ao longo da consulta, despejei palavras que nem sabia que estavam dentro de mim. Como eu não consigo nunca ser feliz. Como eu não consigo parar de me comparar a você. Como não me sinto merecedor das coisas boas que vêm me acontecendo. Como sou negligente com todo mundo que é bom para mim. Como mais cedo ou mais tarde Kalil vai descobrir a grande fraude que eu sou. Como serei um idoso frustrado reclamando sobre a qualidade das telenovelas brasileiras e entorpecido por remédios contra depressão.

Sem nunca desviar o olhar, Luciana ouviu tudo. O que para você, minhas amigas ou até mesmo para minhas mães, seria drama ou exagero, para ela é material. Cada palavra é uma ferramenta para me ajudar a enfrentar os demônios que insistem em ficar grudados por todo o meu corpo.

O curioso sobre a psicoterapia é que as pessoas acham que vão sair do consultório com instruções diretas e claras a serem aplicadas nos seus problemas. Como se fosse possível tratar do coração metafórico da mesma forma que cuidamos do literal. Não, não é assim. Ir à psicóloga não é como ir à nutricionista.

Frente a minha angústia, Luciana me apresentou caminhos, fazendo com que eu percebesse que o problema é um pontinho vermelho na grande página da minha vida. Me lembrou também de quão facilmente eu esqueço disso. Às vezes acho que meu único problema sou eu mesmo. Acho que ele vai me engolir, me paralisar e sapatear em cima do meu ser quase cadavérico. Fico tão preso nas minhas expectativas, nas frustrações, nas memórias e nas potencialidades de fracasso dos meus projetos, que eu paro. Congelo.

E foi por isso que achei que nunca seria capaz de escrever esta carta. Eu paralisei. Me convenci de que não precisava te contar isso. Me convenci de que segredos fazem parte de qualquer relacionamento, que coisas erradas acontecem mais vezes do que admitimos, que todo mundo mente e que tudo ficaria bem. Mas nada está bem.

Pela primeira vez em muito tempo eu estava me sentindo em paz. Até receber aquela maldita notícia, eu estava em paz! Estou vivenciando algo novo, algo certo e, mais que tudo, algo real. E estou apavorado. Estou apavorado pela possibilidade de ser assombrado pelos meus erros do passado, por essa sorte ser apenas uma armadilha do destino para me prender e fazer agonizar. Por mais que eu consiga ver que não posso carregar para sempre nos ombros a culpa por um erro, esperando para ter as coisas boas da minha vida arruinadas, como se o carma fosse matemático e só estivesse esperando eu ganhar uma para me tirar outra, estou preso. Estou preso a nós. Estou preso a você.

Estou preso à mentira. Estou preso ao silêncio. Estou preso à culpa de ter abandonado Daniel.

E estou preso com a culpa de ter traído você.

Eu jurei a mim mesmo, entre lágrimas no chuveiro, que nunca contaria isso a você. Nem enquanto namorávamos, nem depois. A traição seria alimento das minhocas do meu túmulo. Admitir que eu te traí seria como afirmar para todo mundo que eu merecia as merdas que você falou e fez. Seria reconhecer que o sucesso que você teve é mais do que bem-vindo, e que eu, como o traidor sujo que sou, mereço o fracasso. Mereço presenciar do chão o meu ex-namorado atingir as estrelas.

Mas eu não aguento mais fingir para mim mesmo que nada aconteceu. Fingir que os beijos que eu te dei e todos os "eu te amo" que falei olhando nos seus olhos depois daquele dia não carregavam esse segredo. Não carregavam essa culpa, essa mentira. Fingir que eu não sou capaz de dissimular, que não sou só a vítima, que também errei, me consumiu sem que eu percebesse, explodindo no meu rosto dois dias atrás.

Sim, eu errei. Sim, eu te traí. Eu te traí mais de uma vez. E foi muito bom.

Aconteceu uma semana depois do seu aniversário. Eu estava com ódio. Com muito ódio. Você me desprezara na frente dos seus amigos, na frente da sua família. Você só me procurava para foder, e mesmo assim arrumava um jeito de estragar tudo, reclamando sobre como eu sujava todos os seus lençóis de porra ou sobre como eu não tinha habilidade para te pegar no colo enquanto metia em você. Você não me perguntava sobre meu dia, minhas palavras eram esquecidas, e, mesmo assim, você ainda parecia analisar todas as minhas atitudes, procurando um erro com potencial para desencadear uma briga. Brigamos por eu ter comprado o sabor errado de sorvete, brigamos por eu ter perdido a reunião do coletivo, brigamos por você só me dar afeto quando tinha alguém olhando, brigamos por eu ter conseguido a vaga para o intercâmbio na Universidade da Cidade do Cabo.

Quando a oportunidade apareceu, soou como uma mensagem do universo para que eu te desse o que você merecia. E não pensei duas vezes.

Eu voltava do estágio. Era mais um daqueles dias entediantes, com o calor do fim de ano anunciando um verão infernal. Você havia acabado de postar no Instagram uma foto nossa, abraçados e sorridentes no pilotis da minha faculdade, a orgulhosa hashtag #NossoAmorExiste tinha te garantido mais de trezentos likes, ironicamente contrastando com suas secas e demoradas respostas às minhas mensagens no WhatsApp.

Eu o notei quando estava no ponto de ônibus. Alto, com uma barba grisalha levemente desgrenhada, braços fortes salientados pela camisa social e uma bunda bem marcada pela calça preta. Vestia um terno azul-escuro alinhado e relógio de ponteiro que pareciam muito caros para alguém que esperava um ônibus às 18h na avenida Presidente Vargas. Devia ter cerca de quarenta anos e acabava de sair do expediente, provavelmente em algum dos milhares de escritórios de advocacia do Centro do Rio de Janeiro. Ele percebeu os meus olhares e eu notei quando ele checou minha bunda e apertou o pau sobre a calça. Uma mensagem clara que correspondia ao interesse.

Entrei no ônibus e ele veio logo atrás de mim. Esperei ele passar pela roleta para que eu pudesse pressionar levemente minha bunda sob a sua calça. Sentei em um dos últimos lugares disponíveis e ele parou em pé exatamente na minha frente, encostando o pau no meu ombro toda vez que o ônibus fazia uma curva mais acentuada. Aquela brincadeira me deixou excitado como eu não ficava havia meses ao seu lado.

Meu pau já estava rígido e lubrificado quando reparei na aliança dourada. O tesão aumentou. Trinta minutos depois de entrarmos, a estudante adormecida ao meu lado despertou e desceu assustada, aparentemente tendo perdido o ponto. Eu me desloquei para o banco próximo à janela, permitindo que ele

105

finalmente se sentasse ao meu lado. Sua coxa grossa encostou na minha, e, sem me encarar ou dirigir a palavra, sacou o telefone do bolso e digitou no bloco de notas. Virando o celular para mim, pude ler um convite em capslock, algo como "Minha casa fica no próximo ponto, vem comigo".

Meu corpo tremia. A excitação se misturava com medo. Lembrei de você. Lembrei de nós. Mas, principalmente, lembrei de como você vinha me tratando. Como você, na sua eterna arrogância disfarçada, se portava para o mundo como se fosse a prova de que a perfeição existe. Como você era louvado em todos os espaços, por todas as pessoas, como se a vida não houvesse guardado nenhum revés para você.

Se o universo o havia poupado de qualquer derrota, então eu faria com que ela viesse pelas minhas mãos. Com "Confident" da Demi Lovato estourando meus tímpanos no fone de ouvido, desci logo atrás dele. O acompanhei até em casa. Uma residência de quatro quartos e uma ampla sala, localizada em um desses condomínios que parecem saídos de um clipe da Lorde.

Ao cruzarmos a porta nos embaraçamos, arrancando nossas camisas. O corpo dele era forte, largo e todo coberto de pelos, tão diferente do seu, sempre detalhadamente depilado. Quando ele me abraçou, fui coberto por inteiro. O cheiro do suor e o gosto alcalino da boca contrastavam com a sua característica essência amendoada. Ele era mais forte, mais bruto. Eu estava completamente lubrificado. Parecia que meu pau ia explodir.

Fomos para o quarto. Uma cama de casal perfeitamente coberta por lençóis azul-claros e incontáveis porta-retratos preenchiam a parede, todos eles ostentando fotos com a esposa e a filha, uma menina de no máximo quatro anos com um cabelo chanel loiro e olhos esverdeados.

106

Ele me comeu de quatro. A aliança cintilava no meu rosto enquanto eu encarava a foto na cabeceira, da esposa sorridente em um parque da Disney. Ao meu lado, o celular vibrava com mensagens suas. Inusitadamente, perguntava se estava tudo bem. Como havia sido meu dia. Se eu já estava em casa. E eu gozei. Explodi de prazer enquanto aquele homem urrava atrás de mim.

Você merecia aquilo. Você merecia ter maculada a sua narrativa perfeita. E aquele cara, naquela casa, com aquela família, me pareceu a forma perfeita de estragar tudo. Eu tinha plena consciência de que era algo ruim. Mas me senti muito bem. Bem como você não me fazia sentir havia meses.

E se não fosse o que aconteceu em seguida eu teria feito tudo de novo.

O estupor que seguiu o gozo foi interrompido pelo pavor. A camisinha tinha estourado, e o fluido daquele homem sem nome escorria de dentro para fora de mim.

Eu não sabia o que fazer. Comecei a perguntar aos gritos se ele tinha alguma doença, se ele tinha HIV. Ele disse que não. Eu não acreditei. Dos pés à cabeça, tudo tremia. Não era possível que aquilo estivesse acontecendo.

Estava concretizando todos os medos das minhas mães. Eu estava realizando todas as profecias da sociedade. Estava sendo castigado por ter traído meu namorado perfeito. Estava sendo castigado por ter transado com um homem casado.

Meu olho começou a se encher de água. Minha garganta ficou seca. Eu estava sujo, condenado pelos meus pecados. Eu não podia ligar para as minhas mães. Eu não podia ligar para as minhas amigas. Eu não podia ligar para você. Frente ao meu desespero, aquele homem me empurrava para fora da sua casa. A esposa estava chegando com a filha da escola e eu não poderia estar ali. Sujo, suado, chorando e marcado, desatei a me vestir inconscientemente. Já do lado de fora esqueci como respirava.

Peguei o celular. Ignorei suas mensagens. Com dedos trêmulos e dormentes, comecei a pesquisar. Eu sabia da existência da PEP, um serviço oferecido gratuitamente pelo governo brasileiro, um coquetel de remédios que, se ingeridos em até 72 horas após a exposição ao sêmen com carga viral, ou cuja carga viral fosse desconhecida, como na minha cabeça já estava definido que era o meu caso, impediriam a contaminação.

Eu não tinha ideia de onde encontrar. Na internet eu me deparava com uma lista de hospitais e clínicas que ofereciam o serviço. Comecei a telefonar. Três não atenderam. Uma disse que a medicação era somente para casos de estupro. A quinta falou, com uma voz que soou como música, que eu deveria ir até eles o mais rápido possível. Um direcionamento claro naquela noite perdida.

Foi assim que tomei um Uber e quarenta minutos depois cheguei na Fiocruz, um grande complexo de hospitais e laboratórios de pesquisas no meio da avenida Brasil. Eu chorava. Eu não queria contar o que tinha acontecido. Eu me sentia estúpido, vestido com aquela roupa social barata e amassada, com aquela mochila rasgada no ombro. Mas não havia mais o que fazer. Voltar para casa não era uma opção. Esperar os trinta dias da janela imunológica para descobrir se eu realmente havia contraído o vírus seria impossível para alguém como eu, que sucumbia à ansiedade de esperar pelas notas de provas da faculdade... Imagina por algo de tal dimensão?

Respirei fundo e caminhei até a recepção do Centro de Imunologia. Reconheci a voz da pessoa que me atendera ao telefone. Finalmente consegui tirar os olhos do meu sapato desamarrado e olhei para os olhos castanhos dela. Era uma senhora de cabelo branco, com uma tipoia no braço esquerdo e um sorriso fácil. Frente àquela recém-criada familiaridade, despejar o que eu procurava naquele hospital acabou sendo mais fácil do que parecia. Engraçado as coisas às quais nos apegamos em momentos de desespero.

Fui encaminhado para um consultório onde um médico, aparentemente uns cinco anos mais velho que eu, me fez várias perguntas. Se eu conhecia meu parceiro. Se eu havia sido "receptivo ou insertivo". Se eu sabia meu status sorológico. Se eu sabia o status dele. Se havia tido contato com o sêmen e outros questionamentos dos quais já não me lembro. Respondi tudo com a voz embargada e os olhos vermelhos.

O restante da noite, um borrão. Lembro de ter ficado sentado em uma varanda ao lado de outros pacientes que conversavam e comiam uma insossa refeição de hospital enquanto a única constatação capaz de ser feita pelo meu ser era que meu corpo sentia frio. Lembro de terem enchido três tubos com meu sangue. Lembro das horas passando, do estômago contorcendo, a mão tremendo e as lágrimas secando. Lembro de receber três grandes potes com comprimidos. Lembro das instruções: eu deveria tomá-los por 28 dias consecutivos, depois desse tempo teria que voltar e fazer os exames finais e só aí eu poderia descobrir se as pílulas realmente haviam sido eficazes.

Um martelar compassado enchia minha cabeça, e meu corpo começava a feder depois de quase vinte horas na rua. Finalmente eu poderia ir embora.

Meu celular havia descarregado, não tinha como pedir um Uber. O bilhete do ônibus estava sem crédito e eu havia gastado todo o meu dinheiro com a corrida até a Fiocruz. Era o que faltava. Eu só me sentei no chão e chorei. Tudo que estava engasgado desde o momento em que a camisinha estourou saiu naquele choro, que se transformou em um soluçar, que se transformou em gritos, berros bestiais dignos de uma cena de tortura no inferno e que trovejaram por todos os corredores.

Estava tendo uma crise de ansiedade no meio de um centro de tratamento de HIV/Aids. Pacientes saíam de seus lugares para me olhar, uma criança começou a chorar em algum canto, o barulho de uma bandeja de alumínio caindo e a imagem da enfermeira com a tipoia no braço vindo até mim. Resisti ao toque dela. Estava com nojo daquela carne histérica e maculada. Não queria que ninguém me encostasse, como se a sujeira e o desespero fossem capazes de infectá-los.

Braços brotaram ao redor do meu punho. Meu corpo tensionado foi jogado em uma cadeira. Um comprimido na minha mão, um comprimido na minha boca. A escuridão e o silêncio.

Acordei em um sobressalto. Enquanto minha visão lutava para se estabilizar, consegui decifrar as horas no relógio de ponteiro a minha frente. Vinte e três horas. Minhas mães deviam estar desesperadas. Eu deveria ter chegado em casa, no máximo, três horas atrás. Você devia estar me procurando. Eu precisava ir embora. Ainda com o corpo e mente dormentes, me dirigi até o balcão da recepção. Em um tom quase sussurrado, perguntei se poderia usar o telefone para pedir um táxi.

Enquanto teclava o número da companhia que estava no cartão da recepção, uma mão gelada pairou nas minhas costas. Foi a primeira vez que o vi, foi ali que tudo mudou.

O rapaz negro, forte e com um sorriso claro que parecia iluminar toda a sala perguntou para onde eu ia e me ofereceu uma carona, pois estava indo para o mesmo lugar. Para quem havia acabado de transar com um estranho casado que conheceu no

110

ônibus e perdido todo o senso de si pela perspectiva de ter contraído HIV, o que era pegar uma carona com um desconhecido de olhos negros?

Me joguei no banco de passageiro como um náufrago em um bote salva-vidas. Meu salvador se chamava Daniel. A coisa mais incrível sobre Daniel é que ele era uma dessas pessoas que fazia parecer que qualquer assunto é fácil de ser dito. O tipo de qualidade impossível de ser manufaturada ou apreendida, o tipo de qualidade que eu só viria a encontrar novamente nas sessões pagas com a minha psicóloga.

Daniel convivia com o vírus havia oito anos. Tinha contraído de um ex-namorado. Já fazia o tratamento havia muito tempo, e sua carga viral era indetectável. Me contou sobre sua vida. Sobre a reação dos seus pais e de seus amigos e sobre como havia decidido abrir um canal no YouTube, do qual tirava todo o seu sustento, através de propagandas e palestras. Nos seus vídeos falava abertamente sobre o HIV/Aids, em uma cruzada para conscientizar jovens que, assim como eu, piram com o estigma e com o imaginário acerca da doença. Uma doença que, no fim das contas, acaba sendo só mais uma das inúmeras coisas que qualquer um de nós pode pegar nos dias de hoje. Uma doença que não define ninguém ou muito menos é uma sentença do futuro. No final do dia, você ainda tem a vida inteira.

Daniel não me perguntou nada, mas a coragem da sua história me fortaleceu, possibilitando que eu verbalizasse tudo o que havia acontecido comigo nas horas anteriores. Meu dementador começou a parecer menos assustador. Daniel era meu professor Lupin, e eu, um Harry Potter ainda terrível na execução do Patrono.

Daniel me deixou no início da minha rua. Minhas mães já haviam ligado para o escritório, para a faculdade, para você, para

111

a Ágatha, para a Larissa, para o Elton e estavam prestes a ir até a delegacia. Minha aparência completamente destruída, o corpo suado, os olhos cansados e apáticos e o cabelo desgrenhado fizeram com que aceitassem a desculpa de que o ônibus havia quebrado, e eu, sem dinheiro, cartão ou bateria no telefone, viera andando por todo o caminho até chegar em casa. Depois de abraços, broncas e falatórios intermináveis, finalmente encontrei o refúgio da minha cama.

No dia seguinte pela manhã você apareceu preocupado na minha casa. Lembra disso? Um bom-dia e um pote de creme de avelã. Um pedido de desculpas silencioso. E eu te beijei. Um beijo falso. Eu havia quebrado.

Por 28 dias escondi o remédio. Por 28 dias evitei seu toque, evitei seu sexo. Sempre transamos sem camisinha, inocentemente acreditando em uma fidelidade mútua que nos deixaria imunes a qualquer DST, então como, de repente, eu iria exigir o uso de preservativo sem te contar o que havia acontecido? Eu tampouco podia arriscar te contaminar, então me afastei.

Foi um mês que estraçalhou meus ossos, moeu meu coração e sequestrou toda a vibração da minha carne. Eu me despedaçava com a culpa do meu segredo. A perspectiva de contar para alguém me deixava em pânico, não só pelo peso da traição, mas também por reviver todos aqueles momentos. Por ter que contar para todo mundo o que eu havia feito. Por mostrar para você a mentira que eu sou. Então não contei para você. Não contei para a Ágatha. Não contei para as minhas mães. Não contei para ninguém. Se eu não falasse, se eu esquecesse, talvez nunca tivesse acontecido.

Mas aconteceu, e eu era lembrado disso diariamente. Cada conjunto de três pílulas ingeridas religiosamente às 19h e

112

cada abordagem sua procurando meu corpo, respondida com uma desculpa sobre indisposição ou disforia com meu peso, me lembravam da grande merda que eu fiz.

Você não entendia o porquê de eu estar te evitando, a possibilidade da traição não passava pela sua cabeça, e nosso tempo juntos era recheado por brigas e mais brigas.

Agora você sabe os motivos. Eu não transei com você porque tinha te traído, meus beijos com gosto de homem casado já estavam de bom tamanho.

O episódio transbordou em toda a minha vida, impregnando muito mais do que o nosso relacionamento. Não me concentrava nas aulas. Fui mal em todas as provas. Não tinha ânimo para ir até as minhas amigas ou ouvir os problemas das minhas mães.

A única luz vinha na forma de visitas inusitadas de Daniel ao meu trabalho. Com alegria e disposição que vieram a se tornar sua marca registrada, me levava para tomar cappuccinos e reclamar da vida. Nós comíamos fast food indiscriminadamente, rindo de todos os engravatados pretensiosos do centro da cidade. Passeávamos por museus e igrejas, todas elas com uma história desconhecida por mim e declamada por ele. Daniel também me acalmava quando eu era abalado pela perspectiva de viver com o vírus e ter que contar a verdade para todos vocês, me mostrando que a vida com HIV/Aids é perfeitamente normal (e ele, com seu corpo escultural, era a maior prova disso). Discutíamos as pautas dos vídeos que ele postava e cheguei até a ajudá-lo a responder e-mails e mensagens de seguidores pedindo ajuda.

O mês passou, os comprimidos acabaram e sua insatisfação com a minha presença parecia ter aumentado exponencialmente desde a semana do seu aniversário. Esse tempo me fez perceber que o sexo era cada vez mais o único motivo para que você ainda me chamasse de namorado. Sem isso não éramos nada. Nos tornamos menos que amigos. Nos tornamos estranhos.

Quando finalmente chegou o dia do teste final, Daniel continuava sendo a única testemunha do crime que eu cometi. E ele foi leal. Com seu carro, que naquela altura já era o nosso quartel-general móvel, me buscou na saída do trabalho. Fomos durante todo o trajeto ouvindo o novo CD do Bleachers, uma banda norte-americana com letras cantadas que parecem encaixar como trilha sonora em qualquer filme do Spike Jonze (apesar de ele nunca os ter usado em sua filmografia). Bleachers era a banda favorita do Daniel. Ele dizia que as músicas pareciam uma autobiografia melódica, como se, diferente da maior parte das músicas pop que tocam nas rádios hoje em dia, eles não tivessem medo de falar sobre sentimentos de verdade, sem glamour, o sentimento cru.

Fizemos mais uma vez o caminho até a Fiocruz. Daniel esperou pacientemente a coleta do meu sangue e a impressão do documento com o resultado, me distraindo com conversas sobre os filmes em cartaz e memes da Gretchen.

Não reagente.

Expirei o ar por mais segundos do que pensei ser humanamente possível. Foi como se tivessem tirado algemas das minhas mãos. Daniel me abraçou firme e vibrou comigo como se ele próprio houvesse ganho um prêmio.

Na volta, paramos em uma barraquinha de rua e compramos dois cachorros-quentes ridiculamente grandes que devoramos, espalhando batata palha por todo o carpete do carro. Como uma lembrança agridoce do dia em que nos conhecemos, me levou até o início da rua da minha casa e, quando eu o abracei, agradecendo por tudo que havia feito por mim, ele me beijou e eu o beijei de volta.

Então aí está, a segunda traição.

Uma nuvem tomou o lugar do meu cérebro. Sem falar mais nada, saí do carro.

Aquela foi a última vez que eu o vi, até o dia em que seu corpo apareceria no noticiário.

Depois daquele dia, meu celular vibrava o tempo todo com mensagens de Daniel. Eu, na tentativa de deletar todos esses acontecimentos da minha vida com o meu status sorológico devidamente confirmado, ignorava-o. Na tentativa de esquecer, de me esforçar para recuperar a posição de namorado ideal que eu tanto almejava, sem enxergar que já não tinha como ser alcançada, eu apaguei o Daniel. O apaguei dos meus contatos, das minhas redes sociais e da minha vida, como se ignorar a existência dele fosse sumir com tudo o que aconteceu, como se aqueles 28 dias nunca houvessem existido. Na confusão da minha mente, eu deixei de olhar para um amigo ou para alguém que, quem sabe, poderia ser muito mais que isso se eu estivesse disposto a perceber.

Aí está a verdade. Eu te traí. Eu te evitei por um mês por medo de te contaminar com o vírus do HIV/Aids.

Hoje sei que paguei caro por tudo isso. E a minha dívida com o universo não foi sanada por você ter terminado comigo pouco mais de um mês depois ou muito menos por estar presenciando seu sucesso. Eu paguei porque, quando Daniel já era quase uma lembrança desbotada e eu delirava em sonhos de um futuro com Kalil, eu recebi a notícia de sua morte.

O cara que durante um mês inteiro me mandou mensagens todos os dias, que me acompanhou quando eu estava sozinho, que tomou café e sorvete comigo quando eu não conseguia conversar com mais ninguém e que eu havia descartado tão friamente depois de tê-lo usado, como se ele fosse um produto com prazo de validade vencido, estava morto.

Ao contrário do que você deve estar pensando, ele não morreu em decorrência do HIV/Aids. Ele morreu em um assalto. Com um tiro dado covardemente após roubarem o carro dele, o nosso quartel-general sujo de farelo de biscoito e batata palha.

Então está aqui. Está aqui a verdade. Ela não vai me devolver um amigo, não vai me dar a possibilidade de ter retribuído tudo que ele fez por mim nem me permitir transformá-lo em uma pessoa importante na minha vida, como se eu não houvesse ignorado a existência dele até então, como se eu sequer tivesse mencionado o nome dele para alguém. Nada disso vai acontecer. Mas espero que, assumindo o que aconteceu, ele possa me perdoar. Espero que um dia eu possa me perdoar.

Rio de Janeiro,
16 de junho de 2018

Apague as lâmpadas dos olhos
O jeito da sua escuridão me acalma, o sono é uma esponja
E o medo sente medo quando estamos juntos

"Deixa eu dormir na sua casa" — A Banda mais Bonita da Cidade

Querido ex,

Os dias estão estranhos, o que continua querendo dizer que minhas noites estão sombrias e agitadas. O sono que me persegue durante toda a manhã parece fugir para bem longe quando finalmente posso me deitar na cama, deixando espaço para minhas velhas amigas: a ansiedade e a melancolia. Quando, depois de horas, ele decide voltar, raramente está sozinho, sempre traz consigo o seu amigo pesadelo.

Hoje não foi diferente. Lembrei da época em que eu acordava de sobressalto e a primeira coisa que fazia era te relatar em detalhes os acontecimentos daqueles pesadelos vívidos. Eu adorava quando você desatava a procurar os significados de cada imagem e símbolo, permitindo que ficássemos horas discutindo e decupando o que poderia ser o reflexo das tantas horas assistindo a *Stranger Things* e o que tinha potencial para ser um presságio. Pelo menos foi assim até o dia em que você começou a ignorar esse nosso ritual, respondendo minha insistente necessidade de comentar aqueles acontecimentos ficcionais noturnos com um "você não tem nada melhor com o que se ocupar?".

Não, eu não tinha.

Eu andava por uma rua em um parque tão ensolarado que fazia arder meus olhos. Casais com os rostos borrados caminhavam despreocupadamente por toda a minha volta, eu ouvia suas vozes, mas não entendia suas palavras. Ao meu lado, segurando minhas mãos, havia alguém. Um homem com a face disforme, sem rosto, assim como todos os outros ao meu redor.

A chuva roubou o lugar do sol e o parque foi subitamente substituído por uma única casa que parecia ser minha, mas que não guardava qualquer semelhança com aquela em que eu realmente habitava. Eu e meu par sem face paramos na frente da porta. Ele entrou e, agarrado ao meu braço, tentou me puxar para dentro. Eu me recusava a entrar. Meu pulso doía e minha carne rasgava com a pressão da mão. Da soleira, o abrigo parecia frágil, som ou vida não moravam ali. Um relâmpago queimou ao meu lado e a tempestade gritava cada vez mais severa, com gotas pesadas como pedras castigando o lombo. Com o corpo molhado pela chuva e a mente atordoada pelo som dos trovões ao meu redor, me deixei ser levado.

Ele me levou pela mão até um quarto com nada além de um colchão manchado e paredes marcadas pela infiltração. Minha roupa havia sumido, meu pulso, onde ele havia se agarrado, queimava em uma carne viva tão vermelha que parecia ter sido colorida com hidrocor. Ele se inclinou sobre meu corpo. Eu me deitei no colchão sujo e quando ele já estava dentro de mim pude ver naquela face o seu rosto.

Era você o tempo todo. Meu coração se acalmou e eu fui tomado pelo típico gosto do seu beijo. Mas no segundo seguinte suas características foram levadas daquela pessoa sem forma, dando lugar ao homem casado. Meu corpo se retesou em desespero, as veias saltaram nos meus olhos, o coração acelerou, batendo como um surdo e o suor gelado escorria em correntes pela minha testa.

O cérebro ordenava o movimento, mas o corpo ignorava. Eu continuava imóvel no colchão bolorento enquanto ele penetrava, brutal e desajeitadamente, minha carne. Com o pau saindo e entrando em uma dor aguda que me tirou sangue e lágrima. Meus olhos se fecharam, e, já ciente do pesadelo, eu suplicava por acordar. Abri os olhos. Era Kalil quem estava ali, me fitando com aqueles olhos de um negro infinito. Ele saiu com cuidado do meu corpo, se levantou e me olhou de cima. Os olhos dessa vez eram os olhos pretos de Daniel.

Acordei. O vento gelado da madrugada e os sons da noite cobriam meu corpo. Meu pé estava descalço sob o cimento gelado. A chuva escorria pelo meu nariz, dedos e pernas. O teatro estava completo. As crises de sonambulismo haviam voltado.

O sono não voltou. A imagem de Daniel encarando meu corpo nu sob o colchão velho estava gravada em mim. Uma visão tão vívida que esqueci que ele estava morto.

Eu precisava agir. Ter ignorado a existência dele por tanto tempo viera com um preço. Escrever a última carta para você me colocou no início de um caminho sem volta para finalmente olhar para essa ferida pútrida. O sonho, um lembrete. Não precisei da sua ajuda para me desvendar dessa vez.

Esperei dar nove da manhã e liguei para Kalil. Ele voltava da corrida de sábado. Eu disse que precisávamos conversar. Nos encontramos em uma praça de alimentação de um shopping lotado, onde despejei tudo sobre ele. Contei sobre a traição.

Contei sobre essas cartas. Contei sobre você. Contei sobre Daniel e contei sobre o falecimento.

Durante todo o tempo, Kalil só me escutou. Atento, esperou minha pausa final para falar. Sem esboçar o tom de julgamento que eu inconscientemente esperava, pegou na minha mão e perguntou se eu queria a companhia dele para ir até o cemitério. Eu chorei. Chorei porque estava exausto. Chorei porque ele conseguiu ver aquilo que eu ainda não tinha visto. Chorei porque assim que ele disse aquelas palavras eu percebi que, naquele momento, o que eu precisava era me despedir do Daniel.

Dessa vez eu faria como ele merece.

Fomos até uma papelaria onde comprei um papel de carta ilustrado com imagens de fitas cassete. Passei em uma dessas livrarias grandes e encontrei o CD dos Bleachers que a gente tanto ouvia e que ele amava mais do que qualquer coisa no mundo. Comprei dois exemplares. No caminho, Kalil se manteve em silêncio, vez ou outra colocando sua mão sobre meu ombro, como quem diz que está tudo bem, me observando pelo canto do olho enquanto eu escrevia a carta de adeus para o meu amigo.

Aparentemente começar a escrever cartas é também um caminho sem retorno.

Depois fomos até o cemitério São João Batista, onde o corpo de Daniel havia sido enterrado dias antes. Seu túmulo estava repleto de flores, fotos e presentes embrulhados com todas as cores do arco-íris. Eu tinha esquecido o quanto aquele homem, que arranjou tempo para mim em todos os seus dias, era amado por pessoas do país inteiro; o quanto ele e sua história haviam ajudado e inspirado tantos que, assim como eu, precisaram de ajuda, precisaram de um guia. Aquela manifestação de amor que parecia ter sido feita por todos os seus mais de oitocentos mil inscritos no YouTube me lembrou do privilégio que foi ter alguém tão especial próximo a mim, mesmo que tivesse sido por tão pouco tempo.

Eu me ajoelhei e coloquei a minha carta e o CD ao lado de todos aqueles arranjos, que faziam com que minha homenagem parecesse ridiculamente simplória. E ali eu chorei uma última vez. Um choro tão profundo quanto aquele dos corredores da Fiocruz no dia em que o conheci. E pedi desculpas. Desculpas por tudo que não fui, por tudo que não fiz.

Eu não sei quanto tempo fiquei ali, mas quando voltei para o carro, ao lado de Kalil, já havia caído a noite.

No caminho para casa colocamos o CD dos Bleachers para tocar. E enquanto "Don't Take the Money" estourava no aparelho de som do carro de Kalil, ele me perguntou se eu queria escrever no blog dele. Escrever sobre o Daniel. Escrever sobre o que eu quisesse.

Então aqui estou eu, no quarto de Kalil. Acabo de publicar minha primeira postagem, uma versão entre a carta que escrevi para você e a minha carta de despedida para Daniel.

Há algo de muito poderoso em contar a nossa história para todo mundo, em dizer e reconhecer que o que aconteceu com a gente é digno de ser lido, visto ou ouvido por milhares de pessoas. Para alguém como eu, que havia passado um ano sob a sua sombra, um ano escondendo minhas histórias, publicizar parte delas pareceu um grande passo. Uma narrativa tem o poder de agregar pessoas, de fazer com que problemas sejam amenizados através da identificação mútua, de superar a solidão e de nos ajudar a encontrar a libertação. Você mais do que ninguém sabe disso. Agora eu também sei. Acho que é por isso que nossa geração vive à base de YouTube e redes sociais.

A partir dessa hora, meu segredo já não foi mais secreto. Minha história não é mais só minha. Eu a joguei para o mundo, para que o mundo faça dela o que bem entender. Eu só espero poder honrar a memória do Daniel, honrar o legado dele.

Mas não se preocupe, eu disse para você que nunca mais iria pronunciar ou escrever seu nome. O universo não vai saber que o queridinho do momento foi corno.

No que me consta, meu querido ex é quem foi.

Rio de Janeiro,
17 de junho de 2018

Take me back to the night we met and then I can tell myself
What the hell I'm supposed to do and then I can tell myself
Not to ride along with you

"The Night We Met" — Lord Huron

Querido ex,

Obrigado por tirar o fardo da traição das minhas costas através da sua inerente e genuína capacidade de agir como um bosta.

Nas últimas semanas eu achei que estava começando a te desvendar. No final das contas, talvez você não fosse tão ruim assim. Talvez o rancor e a mágoa estivessem finalmente dando lugar a uma indiferença. Talvez daqui a dez anos pudéssemos nos esbarrar em um supermercado caro da Zona Sul e, depois de trocarmos um breve olhar de reconhecimento mútuo, iríamos conversar, primeiro constrangidos e depois animadamente, dando início a uma dessas amizades amadurecidas entre ex-namorados, honrando finalmente todo o tempo e amor dedicados no passado. Ledo engano.

Ontem foi mais uma noite de insônia, mais uma noite acordando na varanda com os rompantes de vento esbofeteando meu rosto, mais uma noite com aquele sonho horrível cristalizado na minha cabeça. Ao amanhecer, lá estava uma mensagem da Ágatha com um link dizendo "acho melhor você ver isso". A língua ficou áspera na minha boca.

Duas páginas. Duas páginas inteiras no blog da *Playboy*, em que você contava em detalhes não requisitados o quanto era frustrado sexualmente com o seu ex-namorado, mas, em contrapartida, o seu noivo te deixa irrequieto ao aceitar fazer brincadeiras que fazem com que você se sinta o próprio Christian Grey. Sério, *Cinquenta tons de cinza*, cara? Se isso é o máximo que sua criatividade sexual consegue atingir, então eu realmente sinto pena desse pobre coitado ao seu lado, porque aparentemente você continua sendo o mesmo boçal que acha que o mundo gira em torno do próprio pau.

Pois então eu clamo pelo meu direito de resposta. Não ache que você vai sair por aí publicitando nossa intimidade e eu vou ficar calado no meu espaço de zé-ninguém. Agora que você sabe que foi traído, deve ter ficado óbvio o porquê de eu ter me tornado "preguiçoso e desleixado" na cama, como você deixa bem claro para o seu entrevistador.

Mas a questão que ainda arrepia os pelos da minha nuca é que, mesmo aparentemente odiando foder comigo, você não perdia uma oportunidade de me procurar, não é? A gente podia ter brigado, eu podia ter reclamado que estava indisposto, que não estava a fim, mas você insistia e eu cedia.

E depois da quarentena em que meu corpo entrou durante o uso da PEP? As brigas, as chantagens emocionais, a desatenção, você me ignorando... Tudo piorou, eu estava mais devastado que um desses caras que têm a vida transformada pelos cinco fabulosos do *Queer eye*, mas sem um Antoni para salvar meu dia.

E eu só fazia me culpar. Eu merecia ouvir calado todas as ofensas, resistir a todos os seus gritos e implorar por desculpas.

Como você mesmo bradou no meio de alguns dos seus surtos de abstinência, você poderia estar transando com quem quisesse, mas mesmo assim se submetia a ficar com quem te negava.

Me dói ainda admitir que, quando peguei o resultado dos exames naquela noite ao lado de Daniel, meu primeiro pensamento não foi "que bom que esse medicamento forte que tomei durante 28 dias, que me deu caganeira e me deixou com os olhos amarelos, fez efeito e eu não tenho HIV/Aids", e sim "aleluia, agora ele vai parar de reclamar que eu não transo". Nós dois sabemos que não foi isso que aconteceu. Eu não saí do tratamento morrendo de saudades do seu pênis. Não saí da clínica correndo para a perfeição fálica do meio das suas pernas.

Cada vez que seu quadril se aproximava de mim todo o meu corpo estremecia, e, ao contrário das vezes em que seu toque costumava me despertar, minha primeira reação, aquela que vem antes mesmo do cérebro entender o significado do toque, foi me afastar, correr dos seus dedos. Algo havia mudado, mas eu insistia, na minha eterna necessidade de fazer com que as coisas dessem certo, em achar que o universo e as partes de mim que não consigo acessar devido a minha pungente superficialidade devem se adequar ao que eu acho que deve acontecer.

E assim estabeleci um padrão errático de comportamento sexual. Os beijos eram interrompidos por desculpas, meu pau se negava a ficar rígido e meu corpo pedia por distância. Percebe-se, meu querido, que você está mais uma vez errado em relação a mim. Não era preguiça. O que eu tinha era algo bem próximo da ojeriza.

Mesmo com todas as brigas e a minha evidente falta de interesse, você não se contentava, não é? Imagino como devia machucar seu ego, tão endossado pelo mundo inteiro, ter seu corpo escultural rejeitado por alguém com estrias de crescimento nas costas e manchas pretas no encontro das coxas. Sem perceber, havíamos começado uma guerra fria pelo meu corpo. E você foi vitorioso, como sempre, conquistando todo o território.

Os trinta dias sem transar viraram quarenta, que viraram cinquenta até chegar aquela noite.

Não sei até que ponto sua memória alcança. Resiliente, eu o havia acompanhado até o show da banda indie dos seus amigos. Passei quase toda a festa apegado a dois copos de cerveja, não havia muito tempo desde o fim do tratamento, e, portanto, eu ainda estava com medo dos potenciais efeitos da exposição ao álcool depois de um mês longe das bebidas.

Você se afogava naqueles copos de 500 ml de caipirinha com vodca barata. Incomodado com o meu ritmo, insistia para que eu bebesse, para que eu acompanhasse você pelo menos naquilo. E eu acatei. Eu sempre acatava. Como eu gostaria de ter dado dois tapas na minha própria cara.

Já embriagados e depois do seu vômito na pia da boate, tomamos um Uber e fomos para a sua casa. Sua mãe não estava, então não seria um problema, já que a bruxa certamente me detestava. Mesmo bêbado, eu consegui lhe dar banho. Troquei suas roupas com cheiro de comida podre e lixeira de hospital e capotei ao seu lado.

Nunca vou saber se você estava consciente quando aquilo aconteceu.

Não lembro a hora exata, mas o sol ainda não havia aparecido no céu. Acordei com seu bafo cítrico invadindo minhas narinas. Você beijava meu pescoço e sua barba áspera me arranhava. O quarto ao redor girava em um grande borrão sem luz e, no limbo entre o acordado e adormecido, tive dificuldade de desvendar se aquele cenário era só mais um sonho. Mesmo com o banho, seu corpo ainda exalava a vodca barata. Meu coração acordou e, em uma batida rítmica e intensa, bombardeou meu corpo com sangue. A náusea me tomou. O gosto ácido do refluxo veio até a garganta para retornar queimando com a sensação de que meu corpo estava sujo, muito parecida com aquela que eu havia vivenciado mais de um mês antes. Seu corpo continuava sobre mim e àquela altura seu odor havia penetrado todas as minhas fronteiras. O mundo ainda era indecifrável, e eu tremi como nunca pensei ser possível.

Eu abri a boca, pedindo que você parasse, mas você continuou, arrancando a própria camisa e depois a calça. Sua mão agarrou a parte interna da minha coxa, bem naquela área enegrecida pelo atrito da pele com a calça, me abrindo como um compasso.

Deitado, meu coração me inundava com uma fúria que eu não lembro de ter sentido igual. Aquilo não podia estar acontecendo. Mesmo depois de tudo, você ainda era meu príncipe, ainda era aquele ex-colírio da *Capricho*, o filho dedicado, o ativista, o melhor aluno da turma. Você não podia ser um abusador.

E aí você rasgou minha cueca.

Eu não pensei. Meu corpo respondeu por mim. Incapaz de conter o ódio pelo toque indesejado, eu acertei a boca do seu estômago com um chute. Você tombou para o lado e vomitou, impregnando o chão do seu quarto.

Eu fiquei de pé, os punhos cerrados com tanta força que as unhas marcavam meias-luas na palma da minha mão, minha mandíbula latejava, tamanha a pressão com que meus dentes batiam. Eu queria ir para cima de você, queria desfigurar seu rosto, transformar seus traços de príncipe encatado em uma coisa disforme, a altura da nojeira que você escondia.

Mas não fiz nada disso.

Eu respirei fundo, fui até a cozinha e molhei um pano. Quando retornei ao quarto, você já estava dormindo, largado ao lado do próprio vômito.

Eu limpei toda a sujeira, me deitei ao seu lado e fiquei encarando os desenhos da infiltração no teto. Só fui embora quando o dia clareou. Parabéns, você realmente consegue tudo o que quer.

Você não teve consideração por mim ou pelos meus sentimentos enquanto estávamos juntos, então sei que é tolice minha esperar algo mais de você agora que já não está mais aqui. Mas mesmo assim vou te fazer um pedido.

Da próxima vez que me transformar em piada pública em uma revista historicamente machista, faz um esforço e tenta mencionar os porquês. Tenta mencionar aquela noite.

Rio de Janeiro, 19 de junho de 2018

I don't need eyes to see I felt you touchin' me
High like amphetamine
Maybe you're just a dream

"Perfect Illusion" — Lady Gaga

Querido ex,

Eu esqueço que a vida não é um filme. Desde que tenho idade para entender os padrões de uma comédia romântica, encaro os momentos de ansiedade profunda como somente alguém que foi poupado de um amadurecimento, como alguém que cresceu na 'Terra do Nunca seria capaz de fazer. Todas aquelas reivindicações do meu eu de seis anos, que assistia a *Peter Pan* compulsivamente e em seguida implorava a Deus para que uma fada e um menino charmoso (com a cara do Daniel Radcliffe, de preferência) invadisse meu quarto e me levasse voando para um oásis de eterna brincadeira, uso compulsório de pijamas e sem nada atrapalhando o desenvolvimento dos cinematográficos atos da vida, pareciam sempre ter sido parcialmente atendidas.

Mas os vinte anos podem ser uma época estranha. Até então minha vida parecia essa série de acontecimentos PeterPanlesticos, planejados com encadeamento dramático e final feliz. Eu era o menino tímido e estranhamente carismático, com duas mães, um grupo leal de amigas e uma grande vontade de descobrir o mundo. O clímax da minha história havia sido sair do armário e me assumir gay para a sociedade, e o final fora concretizado nos seus torneados braços brancos. *Glee* realmente havia colonizado o meu pensamento.

Mas, não, a vida não é *Glee* ou *Peter Pan*. A vida é uma bosta de cachorro em um canteiro do centro da cidade. Não a sua, é claro, sua vida é mesmo um filme com final feliz e perfume de flores do campo.

Com essa ingenuidade mimada, eu acreditava bem lá dentro das minhas entranhas que depois de passar pela peregrinação dos últimos dias, de assumir a traição e tentar estar à altura da memória de Daniel, eu veria o arco-íris prometido por Katy Perry depois do furacão.

Não tem arco-íris. Tem essa umidade irritante do Rio de Janeiro. Nada mudou em um passe de mágica. As coisas continuam na mesma simplicidade e tristeza enfadonha. Uma fada não entrou no meu quarto. Quem entrou foi minha mãe reclamando da bagunça. Eu não fui consumido por uma paz de espírito e um brilho nos olhos decorrentes de uma certeza de que tudo vai ficar bem. Pelo contrário, eu nunca na minha vida estive mais distante de ser uma Amélie Poulain.

Sendo assim, os pequenos prazeres do meu dia consistem em observar idosas em pé no ônibus enquanto fico sentado vendo elas sucumbirem com o peso de sacos de compra ou então quando roubo algum pote de creme de avelã de um supermercado só pela fugaz emoção. Que o mundo espere o sorriso do meu cu.

Como se não bastasse, ainda tenho a prova de ética profissional. Por que fazem a gente estudar isso em um curso de administração, eu não sei. Pelo que me consta, eu me inscrevi para desfilar pelos corredores da faculdade com um terno e um tablet na mão, não para ficar horas fazendo contas e gráficos cuja utilidade prática é completamente desconhecida pelo meu cérebro.

Até Kalil virou uma irritante presença. Desde o dia do cemitério ele não me deixa em paz, chegando ao cúmulo de aparecer aqui em casa com uma cesta de doces, como se tudo o que eu precisasse nesse momento fosse de mais flacidez! Eu já havia deixado bem claro que não queria assumir ele para a minha família AINDA, que, dado meu histórico de desventuras no amor, eu preferia esperar mais um pouco. Nada a ver com meu sentimento por ele, só uma medida de segurança adquirida depois de tantos acidentes. Mas de nada adiantou. Ele apareceu aqui e eu fui praticamente obrigado a assumi-lo para as minhas mães.

Foi só assim que eu pude perceber o quanto vocês se parecem. Como eu demorei quase um mês para ver isso? Assim como Vossa Senhoria, Kalil usa seu indiscutível charme como uma arma. Ele tem plena consciência de quão atraente e cativante é. Finge não saber para potencializar o efeito. Mas quando me mira com seus olhos eu já não consigo me deixar derreter. Sua dedicação excessiva me parece só uma busca por aprovação, como se estar ao lado de alguém visivelmente ferrado como eu fosse o combustível para o ego. Como se o fato de ele olhar no fundo dos meus olhos e prestar atenção em cada palavra minha, mostrando demasiado interesse, fosse única e exclusivamente para que eu constatasse quão atencioso e paciente ele é. Como se o motivo de ele estar passando esse tempo e se dedicando a alguém como eu fosse fundamental para continuar mantendo aquele mesmo ego de quando ele era um homofóbico escroto, mas dessa vez em uma versão pós-moderna que passa a ser o meu salvador. Exatamente como você.

Desde aquela noite do Dia dos Pais em que eu e você demos nosso primeiro beijo isso aconteceu. Você não me beijou porque queria, você me beijou para se sentir bem, sentir como se tivesse me salvando daquela profunda tristeza. Afinal, por que você me escolheria como par logo no momento em que eu estava mais quebrado? Eu nunca tive nada a ver com seus ex-namorados, todos eles brancos e ratos de academia. Nós éramos amigos, e você nunca havia manifestado interesse antes daquela noite. Você viu o quanto eu estava só, confuso e deprimido. Um menino perdido precisando de um *Peter Pan*.

Ser meu professor foi satisfatório, não é? Eu andava ao seu lado como se você fosse um troféu. Nunca em um milhão de potenciais universos paralelos eu imaginei que alguém como você namoraria alguém como eu. Seu histórico de ex-amantes deixava óbvio que eu não era seu tipo. E eu não podia abrir mão do meu troféu branco. Todo mundo me elogiava pelo "partidão", e era óbvio o estranhamento que você causava ao meu lado. Os olhares dos grupos de jovens nas boates ou o espanto mudo da sua mãe quando você me apresentou sempre deixaram isso claro. E como você amava. Você amava ser meu salvador. Você amava não a mim, mas a sensação que causava em mim, como se você fosse indispensável, como se por somente existir no mundo e se postar ao meu lado estivesse levando a minha vida para as estrelas.

Naquela noite em que o celibato pós-PEP foi quebrado eu já sabia disso e, ao acordar no dia seguinte, fiquei aliviado pois você estaria empertigado com a certeza de que havia voltado a me curar com sua oferta de prazer. A única razão para você ainda me chamar de namorado. E parece ter surtido efeito, não é? Mesmo que tenha se relevado obviamente efêmero, afinal, você precisava ser certificado o tempo todo do seu poder de cura digno de um X-Men e eu já não era mais capaz de fazê-lo.

Você fodeu com a minha cabeça, querido ex. Estou completamente apavorado com a perspectiva de esse mesmo comportamento fazer parte da personalidade de Kalil. Estou apavorado com a perspectiva de passar o resto da minha vida nas mãos de homens que vão usar minha abalada autoestima e saúde mental para a manutenção do próprio ego, como você fez por mais de um ano. Mas, sobretudo, estou morrendo de medo de finalmente perceber que na vida de pessoas como eu não há nada de cinematográfico.

O trágico não é um presságio do belo. Não tem príncipe encantado. Não tem um salvador. Eu não conheço Kalil, nem sequer consigo escrever o sobrenome dele! Estamos saindo há três semanas e ele tá aqui encantando minhas mães, me dando um trabalho ao seu lado no blog e mantendo contato com as minhas amigas. Eu prometi a mim mesmo que nunca deixaria homem nenhum entrar na minha vida antes que eu estivesse curado, mas o que foi que eu fiz? Eu me entreguei de bandeja. Flores, carinho, um sexo apaixonado e *voilà*, meu corpo, minha vida, minha personalidade, minhas mães e minhas amigas já são todos dele.

E eu só consigo ver isso agora. Passado tanto tempo, só consigo enxergar a obviedade agora! Porque mesmo com tudo que aconteceu nesses últimos meses, depois da semana passada eu ainda achava que estava prestes a entrar no terceiro ato da minha historinha. Fiquei tão inebriado com a minha corajosa atitude de assumir a traição e tentar honrar a imagem do Daniel; inebriado pelos comentários na minha postagem no blog do Kalil, que achei que finalmente havia alcançado meu final feliz. Eu só havia escolhido o personagem errado. Meu Deus ex-machina era Kalil, e meu prêmio, a África do Sul.

O que mudou foi que agora, como se não bastasse uma psicóloga, eu tenho também um psiquiatra. Uma versão ainda mais velha do Capitão Gancho que me prescreveu uma medicação com nome estranho, na esperança de que com a terapia eu consiga, pelo menos, voltar a ter uma noite inteira de sono.

Se eu tiver o braço engolido por um crocodilo ou morrer afogado por uma sereia, quem sabe eu ainda possa realizar meu sonho de infância de transformar a minha vida em uma aventura na Terra do Nunca. Fora desse cenário, o que eu vivo é só tragédia.

Rio de Janeiro,
21 de junho de 2018

You love when I fall apart
So you can put me together
And throw me against the wall

"Love on the Brain" — Rihanna

Querido ex,

O que tenho a dizer sobre o último dia bom de um namoro, o momento de felicidade genuína em que o último beijo apaixonado é compartilhado, é que nunca sabemos identificar quando está acontecendo. É como um presente do universo, uma recompensa pelos tempos ruins e pelos tempos bons, pelas brigas e pelas reconciliações. É uma conclusão, o laço final dado em um presente que só se apresenta como tal depois do fim, quando olhamos para trás, reconstituindo os fatos e os alinhando em uma temporalidade, dando início, meio e fim para o que, na verdade, é uma grande bagunça de sentimentos e acontecimentos que insistimos em racionalizar.

Enquanto estávamos vivendo o que era o presente, eu não percebi o que viria a ser o futuro. Porque se eu soubesse que aquele sábado de sol naquela cidadezinha turística que se autointitula Pequena Finlândia, com suas casas enfeitadas com luzes de

Natal e sorveterias a cada esquina, tivesse sido o nosso último dia bom, eu teria registrado tudo que meus olhos fossem capaz de alcançar. Eu teria registrado o desenho das suas curvas sob a luz; o caminho traçado pelos fios dourados do seu corpo; a sensação dos meus braços na sua pele sob o lençol; o gosto do beijo na sua boca lambuzada por sorvete de menta; a textura dos seus lábios machucados pelo frio; a sombra do seu corpo no boxe coberto pelo vapor da água quente.

Eu deveria saber que estava sendo testemunha do fim. Em vez de olhar para aquele dia como uma despedida, vislumbrei um novo início, um exemplo de como as coisas um dia foram e como voltariam a ser. Mas as coisas se quebram e jamais voltam a ser como antes. Me recusei a ver que eu estava quebrado e que você estava quebrado, já que estávamos tão misturados que não havia como distinguir onde eu começava de onde você terminava. Fingi que tudo o que havia passado, a traição, as brigas, as palavras e as humilhações, poderia ser jogado para baixo do tapete e que ali, sob as luzes escuras daquela pousada na cidade onde é sempre Natal, estávamos celebrando o início, e não o nosso fim.

Você provavelmente já sabia, não é? Você já sabia que ia entrar no programa. Você já sabia que ia terminar comigo na semana seguinte. Um presente cruel, uma esperança vazia, uma última oportunidade para desempenhar o papel de namorado perfeito.

Esplêndida atuação.

A viagem já estava marcada havia meses, era um encontro entre as minhas e as suas folgas, e, até embarcarmos naquele ônibus, eu achei que você desistiria. Mas você apareceu, e aquele trajeto de três horas, passando por infindáveis linhas de trem e campos esverdeados dignos do arcadismo, foi como uma viagem no tempo, uma volta para os primeiros meses do nosso relacionamento.

136

Seu sorriso voltou com aquele ar bobo. Você me disse que ficaríamos sem nossos celulares para aproveitarmos ao máximo um ao outro. Você me pegou pela mão, atraindo olhares condenadores da cidade pequena, mas eu não tremi. Seus olhos gigantes e sua firme pressão sob o meu pulso foram toda a coragem de que precisei.

Quando nos jogamos na cachoeira que parecia um recorte do ideal cristão de Paraíso, te dei beijos tão sinceros e apaixonados como não dava desde que aquele homem esteve dentro de mim. A água doce passando da minha boca para a sua e o verde úmido da cachoeira nos abençoando com a paz. Eu poderia ser para sempre seu. Porque ali, longe do mundo, com o corpo imerso na cortante água gelada e com os braços ao redor de mim, você sorria com todo o seu corpo, e eu não senti como se tivesse que provar nada para você. Não fui tomado pela ansiedade de me afirmar como merecedor do seu amor, de visita tão típica quando eu me colocava ao seu lado. Tudo o que importava era você e eu. O universo inteiro estava na comunhão do nosso corpo naquele pedaço de água.

Na volta para o hotel, o futuro parecia possível. Ríamos de piadas sem graça, intercalando o caminhar abobalhado com beijos no pescoço e abraços desajeitados. Dois bêbados pela rua de barro sem ter uma gota de álcool no sangue.

Eu havia conseguido. A dor, o sofrimento, as mentiras e a resiliência não haviam sido em vão. De volta ao hotel, você se vestiu com um sobretudo marrom e camisa azul com penas desenhadas. O homem dos meus sonhos. O par perfeito na dramédia romântica da minha vida.

Era como se você houvesse voltado de uma viagem de meses. Eu percebi quanta saudade estava sentindo. E como eu estava sentindo saudade de perceber que você era o amor da minha vida. Naquele restaurante, entre um excesso de fondue e vinho branco, eu voltei a reconhecer nós dois. Se você tivesse me pedido em casamento eu teria dito sim.

Na volta para o Rio de Janeiro, quando embarcamos no ônibus, antes de adormecer, você me deu um último beijo e eu me perdi na sua íris. Os dois tinham olhos cheios de água. Você lembra o que eu disse? Eu disse que te amava e que queria te amar para sempre, no escuro e no claro, no Rio e no Paraíso, com e sem dinheiro, com e sem dor. Penetrando a minha alma, você alcançou meus lábios com os seus. Você trouxe minha cabeça para o seu ombro e eu adormeci enquanto seus dedos passeavam pelo meu cabelo.

Com o Rio de Janeiro veio a realidade. Veio a distância. Veio a tristeza. Veio, sete dias depois, o fim.

Olhando para tudo isso agora, eu não consegui sentir raiva pelo fato de provavelmente ter sido um momento falso. Uma ilusão criada pela certeza que você tinha da separação. Eu só consigo sentir uma vontade apertada de voltar para aquele momento, mesmo que significasse passar por tudo aquilo que veio antes.

Eu só quero voltar para você. Parece que tudo, no final das contas, quer retornar para você, mesmo que para isso eu precise fazer tudo de novo.

Rio de Janeiro,
26 de junho de 2018

Joguei do alto do terceiro andar
Quebrei a cara e me livrei do resto dessa vida
Na avenida, dura até o fim
"Mulher do fim do mundo" — Elza Soares

Querido ex,

Essa semana foi a pior desde que você se foi. Ok, talvez tenha sido a segunda ou a terceira pior, ficando bem próximo daquelas em que passei grudado na televisão, com lágrimas nos olhos, vendo você beijar seu noivo. Mesmo assim, tudo andava uma merda.

As noites continuam sempre sendo a pior parte. Me deito para dormir quando o relógio bate às 22h somente para enfrentar a tortuosa rotina de insônia e ansiedade. Meu colchão é uma ilha, e eu, seu náufrago. Fico rodando por ele até que o suor comece a cobrir minha pele e o lençol comece a se desprender das beiradas da cama. Às vezes ligo a televisão na tentativa de me distrair da minha própria existência. Às vezes faço um chá. Às vezes bato uma punheta. Nada costuma funcionar. O celular ao meu lado parece secretamente rir de mim cada vez que os números no visor se aproximam da hora de acordar. Onze horas. Meia-noite. Uma, duas, três da manhã.

Bloqueio e desbloqueio sua conta nas minhas redes sociais. Vejo suas fotos, vejo seus vídeos. Quando finalmente caio no sono, sou atormentado por versões do pesadelo do homem sem rosto. Quase todas as noites acabo acordando no mesmo lugar, a fria varanda da minha casa.

Não estou conseguindo mais dar conta das poucas atividades que fazem parte da minha rotina. Tenho perdido a hora da maioria das minhas aulas, e naquelas a que consigo comparecer, somente meu corpo está presente. Nada me encanta, nada me faz apaixonar, estou seco.

Os remédios também não estão ajudando em nada. Pelo contrário, convivo agora com um suor intenso que me acomete em qualquer pequena caminhada. Eu não consigo mais chegar em algum lugar sem estar completamente ensopado. Tenho nojo de mim.

Para piorar, tenho a prova final de Macroeconomia em menos de uma semana. Se eu não passar dessa vez não terei os créditos para ir para a Cidade do Cabo semestre que vem, ou seja, estou completamente fodido. A única coisa boa que me acontece é quando me sento em uma mesa de fast food munido de cupons de desconto ao lado da Ágatha e nos engorduramos por completo com sanduíches do tamanho da nossa cabeça e calorias suficientes para sobreviver por uma semana jejuando.

Minhas mães parecem não saber o que fazer. Elas acham que tudo está perfeito e que minha falta de vontade com a vida é puro chilique. Afinal, eu tenho o intercâmbio dos meus sonhos em menos de um mês, estou cercado de amigas o tempo todo, tenho um boy que aos olhos delas é a personificação da gentileza, sem contar no meu hobby que tem, surpreendentemente, me garantido certo sucesso (sei que não se compara a você, mas minhas duas postagens que se seguiram à carta aberta para o Daniel publicada no blog do Kalil me garantiram 560 novos seguidores no Instagram). Então fica a pergunta a todo tempo no ar, me pressionando por uma resposta: o que falta para mim?

Eu não sei. Realmente não sei.

Sempre que me pego olhando para alguma propaganda sua ou chamada do seu programa na televisão, eu tenho a certeza de que você desfruta da felicidade absoluta reservada aos vencedores do *Jogo da vida*. Tenho a certeza de que você sempre soube o que faltava, de forma que sempre encontrava a solução para suas agonias. Nada dá errado para você. É simples. Identificar. Pegar. Aproveitar.

Mas hoje, quando eu ando com o celular no modo avião para não receber nenhuma mensagem e tranco a porta do meu quarto para não ser surpreendido com uma visita indesejada de uma das minhas mães, me peguei pensando em até que ponto você é realmente feliz com o seu castelo de cristal, com seu príncipe encantado e sua exagerada confiança nos rumos da vida. Mesmo que você pareça tão livre, tão confiante, tão feliz...

Eu tenho ficado com muita raiva também. Mesmo que eu esteja estagnado, minha mente não consegue parar. É como se eu estivesse faminto por algo que não existe. Me pego por horas parado sob a minha cama refletindo sobre como minha vida pode dar errado. Sobre como eu não dou valor a nada que tenho. Sobre como eu me sinto cada vez mais perto de ser um desses velhos amargurados. A raiva vira medo, que vira ansiedade, que vira frustração e acabo me voltando para você. Suas experiências, sua imagem, seus desejos.

Então mais perguntas. Todos esses meses adiantaram de quê? Um ano antes eu achei que escaparia de mim mesmo através de você, tentei fazer o mesmo com Daniel, com as minhas amigas e até mesmo com Kalil, do que adiantou? Minha presença continua me aterrorizando, e dia após dia vejo que sou meu pior inimigo.

Quem estou querendo enganar? Essas porras de cartas são só mais uma desculpa para meu peito continuar gritando silenciosamente pelo seu nome, para eu voltar para você de alguma maneira.

E foi assim que essa última semana foi levada. Até ontem.

É muito curioso como pequenas coisas podem marcar nossa alma e mudar nossos padrões de comportamento e de pensamento. Eu não aguentava mais sentir pena de mim mesmo. Cada nervo, cada músculo implorava por ação, por movimento, eles urgiam para que toda essa energia em mim fosse extravasada, e eu me negava. Como sempre, eu estava me sabotando, eu simplesmente não sabia ou não conseguia fazer melhor.

Mas meu deus ex-machina, minha solução divina, meu tônico, veio na figura encurvada pelo peso dos 82 anos: minha avó.

Você conheceu a vó Abigail, lembra aquele dia? Ela achou que você e o meu outro ex-namorado fossem a mesma pessoa, perguntando sobre uma mãe que não era a sua e um emprego que não era o seu. Apesar do seu sorriso e usual simpatia ao se identificar como o meu novo namorado, ficou claro pelo ranger dos dentes e seu olhar esbugalhado o quanto aquilo havia lhe incomodado. Foi muito bem-feito. Abigail é mesmo divina.

Ela chegou aqui em casa com seu característico cheiro de perfume masculino e terninho vermelho. Veio fazer uns exames no Rio e resolveu ficar aqui, e não na casa dos meus tios. Provavelmente isso teve o dedo de uma das minhas mães, elas sabem como essa senhorinha abala meu mundo. Eram 11 da manhã quando acordei com a presença dela invadindo meu quarto e escancarando minhas cortinas. Acordei com um pulo e dei de cara com o rosto enrugado.

— Você deveria estar na faculdade, o que tá fazendo de pijama a essa hora? Tá doente? Se arruma que vou te levar no médico então.

Corri para o abraço dela enquanto explicava que tinha perdido a hora.

Abigail me olhou dos pés à cabeça e disse:

— Toma vergonha na sua cara. Escova essa boca fedida que nós vamos sair.

Eu posso ser bem estúpido, mas uma coisa eu sei. Quando uma senhorinha corcunda com perfume forte, de cara enrugada e severa, vestida como uma Hillary Clinton com mais de oitenta anos invade seu quarto e diz para você se arrumar, você não questiona. Só se arruma.

Saí do banho e ela já estava no carro das minhas mães.

— Essa história que veado é tudo vaidoso é uma puta mentira mesmo. Olha só pra essa sua cara. Até o finado do seu vô teria vergonha de sair assim. — Deus, como eu amo a Abigail.

Ela não me disse para onde estávamos indo. Meu estômago reclamava. Depois de quase uma hora dirigindo, ela encostou em um desses bares de esquina, esses lugares feios, com copos sujos e homens fedidos. Não entendia o que estávamos fazendo naquele canto de Vila Isabel, mas nada com Abigail fazia muito sentido. Desde pequeno eu havia aprendido a aceitar as excentricidades da minha avó. Olhava com gosto e admiração pulsante as aventuras dessa senhora excêntrica que havia perdido o marido muito cedo. Porque foi assim que ela sempre foi chamada lá em casa, excêntrica. Um privilégio concedido pela sociedade devido a sua viuvez, um eufemismo que impede que a gente aceite e entenda a complexidade dessa mulher.

Quando arrumou um namorado de trinta anos? Excêntrica. Quando se deu de presente de oitenta anos uma viagem pra Tailândia? Excêntrica. Quando aceitou a homossexualidade da minha mãe? Excêntrica. Seu armário com ternos sóbrios e all-star colorido? Excêntrica. Sua tatuagem do Elvis? Excêntrica. Parar em um pé-sujo na hora do almoço com seu neto homossexual vestido como o cara do *Na natureza selvagem*? Excêntrica.

Para minha surpresa, ela parecia completamente familiarizada com aquele local imundo. O dono do bar, um senhor barrigudo ostentando tufos de cabelo na lateral da cabeça, veio em nossa direção com os braços abertos.

— Abigail, danada! Quantos anos! A que devo a honra de sua presença, minha primeira-dama? Já vou trazer sua gelada e seu torresminho.

Era uma cena digna de porta-retratos. Aquela senhorinha com cara de metida a besta, trajada em vermelho, comendo torresmo e bebendo cerveja aguada em copos de requeijão ao meu lado. Perguntei o que estávamos fazendo ali e ela não me deixou mais falar. O diálogo foi uma coisa torta, típico de Abigail, algo como:

— Olha aqui, a tonta da sua mãe disse que você anda de frescura. Que não tem saído da cama, não tem ido pra aula e só faz comer e ver seja lá o que a juventude de hoje em dia vê nesses aparelhinhos. Já disse que todos vocês vão morrer de câncer por passar 24 horas grudados nessas coisas. Como ela não sabe de nada, eu precisei intervir. Deus sabe que essa mulher não consegue fazer nada sem mim, inclusive ainda estaria com aquele brocha do seu pai se não fosse eu. Ah, eu sempre soube que aquela ali gostava era de outra fruta.

— Vó?!

— Que foi? É verdade! Esse é o problema da geração de vocês, se acham os modernos, pra frentex, mas não podem ver um velho abrindo a boca para falar de alguma coisa que não julgam apropriada para a idade que torcem a cara. Pelo amor de Deus. Achei que você fosse menos hipócrita que sua mãe. Mas enfim. Eu te trouxe aqui porque foi nesse bar que eu conheci seu avô e porque você precisa de uma cerveja gelada, o que é cada vez mais difícil de se encontrar nesta porra de cidade.

Enquanto entornava um copo atrás do outro, Abigail contou como tinha virado a primeira-dama do Botequim do Zé da Vila. Me contou como se apaixonara por aquele homem com a pele da cor da noite que foi o meu avô. Como a família dele não aceitava o relacionamento, chamando-a de mulher da vida única e exclusivamente porque ela frequentava "lugar de homem", e sobre os boatos que ela já havia transado com dois homens antes de sequer noivar. A família dela não aceitava o namoro com ele, por ser preto e pobre. Eles fizeram as malas e fugiram para Minas sem um tostão no bolso. Depois da morte do meu avô o botequim do Zé havia virado seu refúgio, ela já não frequentava o cemitério, mas prestava ali naquele barzinho encardido suas homenagens e lembranças ao amor de sua vida toda vez que vinha ao Rio.

Eu ouviria ela falar por horas e horas. Não havia falsos moralismos. Fiquei esperando uma bronca pelos rumos que eu estava dando à minha vida, palavras da sabedoria agregadas pelo tempo, uma comparação das minhas dores com os problemas do universo no melhor estilo "tem gente por aí morrendo de fome", mas não teve nada disso. Teve, sim, orgulho. Risos. Lágrimas. E, dentro do meu coração, força ao saber que atrás de mim, me sustentando com suas histórias, há uma geração de mulheres que se recusam a viver uma narrativa criada pelos outros. Um esquadrão de mulheres que são donas de sua vida.

E, também, mulheres que não dão a mínima para a Lei Seca. Na volta para a casa fomos parados em uma das muitas blitz que ficam pela cidade. Devido ao excesso de álcool nas veias e no hálito daquela senhorinha e da minha inaptidão para dirigir um carro, minhas mães tiveram que vir ao nosso resgate. Enquanto esperávamos nossas motoristas, Abigail virou para um eu visivelmente constrangido com aquela cena e disse algo como:

— Meu filho, cometa os erros que quiser cometer, mas viva. Para de se segurar tanto, de pensar tanto, pare de tanta vergonha. Viva! Se segure na vida o máximo que puder.

Ali estava a frase de efeito pela qual eu tanto esperei o dia todo.

Minhas mães chegaram e, com mil dedos e pedidos de desculpas para os policiais, nos botaram dentro do carro, e voltamos para casa. Abigail dormiu durante todo o caminho.

Chegamos em casa já tarde, eu havia esquecido meu celular que estava repleto de mensagens de Kalil. Seus pais estavam fora da cidade mais uma vez e ele teria a casa livre para nós dois. Já havia duas horas desde sua última mensagem, uma reclamação disfarçada de preocupação "pelo menos avise se você tá bem". Juntei minhas roupas, meu material e, ignorando os protestos das minhas mães, peguei um ônibus até Kalil, não antes de deixar um bilhete de agradecimento debaixo do travesseiro da Abigail.

Já era tarde e, apesar de ter sido acordado, ele foi doce. Fez uma panqueca para mim. Mesmo assim dormimos aninhados nos braços um do outro. E nessa noite eu finalmente não tive nenhum pesadelo. Acordei em paz.

O que fiz hoje foi me obrigar a cumprir minhas rotinas. Mesmo sem vontade e com uma leve ressaca que deixou a cabeça dolorida até a hora do almoço, consegui comparecer a todas as aulas e não faltei à terapia. Nos intervalos, uma mensagem de Kalil. No final do dia, uma nova postagem no blog.

Talvez, mas ainda só talvez, eu tenha me precipitado em presumir o pior dele. Talvez ele não seja assim tão parecido com você. Talvez essa maré braba no meu peito esteja se acalmando. Talvez, como já aconteceu antes, ela volte quando eu menos esperar. Mas só talvez. Hoje estou em paz.

Rio de Janeiro,
29 de junho de 2018

Oh, tell me you love me
I need someone
On days like this, I do

"Tell me you love me" — Demi Lovato

Querido ex,

Foi em uma sexta-feira de dezembro que você terminou comigo. Haviam se passado seis dias desde que voltamos para o Rio de Janeiro. Seis dias desde a nossa última viagem. Seis dias alimentando uma falsa esperança. Sete dias achando que as coisas haviam voltado a ser como antes.

Esse antes é engraçado. Não sei que antes foi esse, um tempo e espaço de gozo irrestrito do nosso amor que, na realidade dos nossos dias, nunca veio a existir. Naquele dia eu ainda devaneava com um *El Dourado* do nosso relacionamento, que teria sido descoberto depois daquele final de semana mágico.

Quando você me convidou para passar uma tarde no Parque Lage, em meio àquela imensidão de verde e famílias despreocupadas da Zona Sul carioca fazendo piqueniques, eu interpretei como a cena seguinte da nova narração da nossa história de amor.

Esse sonho só teve a duração exata da hora e meia em que passei no ônibus com os assentos quebrados.

Como você pode ser tão sensível e sutil para algumas coisas e tão grotesco para outras? O mínimo que poderia fazer depois da covardia de ter reapresentado sua melhor versão na semana anterior era ter tomado algum cuidado comigo na hora de me deixar. Não ter arrancado o band-aid de uma vez, mas devagar, com calma e respeito, respeito que deveria ser mútuo depois de tanto tempo juntos.

Mas para quê? Você já devia estar sabendo do programa, dos seus planos para o futuro que agora é o seu presente, então para que gastar energia e tempo com algo pertencente ao passado?

Eu representava tudo aquilo de que você queria se ver livre. Eu era sua vida como anônimo, eu era seu Instagram abandonado, seu carro usado, sua plateia subalterna. Prestes a testemunhar um novo começo, você não hesitou em soterrar o que não encaixaria na sua nova vida, na construção da sua nova história. Então você me largou.

Você chegou com uma sacola furada, equilibrando dentro todas as minhas roupas, livros e filmes acumulados no seu quarto durante mais de um ano em que estivemos juntos. Você não precisou falar nada, ali eu soube que era o fim.

As palavras que foram ditas já não me lembro, mas o que eu nunca vou esquecer é a sua imagem com aquela sacola e o choro estrangulando minha garganta, lutando para sair. Eu não conseguia mais imaginar minha vida sem você. Eu não sabia quem eu era sem você. O que eu queria? Do que eu gostava? O que eu ia fazer? Você se foi munido de tantas certezas, e eu fiquei para trás com nada além de lágrimas e dúvidas.

Pior ainda é perceber que, por muito tempo, eu devaneava com uma volta aos seus braços. Achava que você encontraria uma foto minha perdida dentro de um dos seus livros de espanhol, uma carta caída atrás do armário, uma postagem antiga do Facebook... O universo te daria algum sinal de que eu era o amor da sua vida. Você entenderia isso já quase tarde demais, no momento em que eu estivesse embarcando para a África do Sul e, tal como o meu príncipe da *Sessão da tarde*, me alcançaria no aeroporto, olharia nos meus olhos e diria aquilo que por tanto tempo eu precisei ouvir: eu te amo, volta pra mim.

Deus... Como eu alimentei devaneios, como acreditei nesses sonhos. Foi preciso que uma rede de televisão esfregasse na minha cara o seu amor com outro para que eu percebesse que já era passado. Eu sempre fui o passado.

Fico imaginando como você deve estar se sentindo com essa sua nova e perfeita vida. Minhas mães não me deixaram esquecer que ela começa amanhã. Elas estão animadas com seu casamento, compraram presentes, alugaram vestidos e até maquiadora agendaram.

Mas, quando elas me perguntaram se eu realmente estava ok com o fato de estarem indo ao seu casamento, eu me surpreendi com a resposta que saiu dos meus lábios e o sentimento no meu coração. Eu disse um "sim" incrivelmente calmo, enquanto escrevia uma nova postagem no blog. Uma reação surpreendente, principalmente se você levar em conta que eu estava falando do casamento milionário do ex-namorado — que acabou com a minha saúde mental — com um menino que parece ter tido o corpo lambido por deuses do Olimpo.

E depois de um tempo refletindo sobre tudo isso, sobre o contraste entre o que os outros esperavam das minhas reações e o que eu realmente estava sentindo, eu entendi. A pergunta delas tinha a mesma origem do que você provavelmente pensou quando mandou aquele convite aqui para casa. Todos vocês devem ter pensado que eu ia ficar tão irado que iria sequestrar seu gato, entregar uma torta de merda na sua casa ou fazer um post anônimo em alguma página da deep web com todas as nudes suas que eu ainda tenho no meu computador. Sou percebido pelas minhas mães como ainda estando tão quebrado com nosso término que elas precisam de todos os dedos e cuidados do mundo para abordar o assunto perto de mim. Frágil. Desequilibrado. Despreparado.

Vocês não estão errados. Desde que você me entregou aquela sacola com as minhas coisas e se lançou nesse mundo das maravilhas, eu tenho lutado muito, muito mesmo, para não ser esse garoto. Esse garoto que vive pelo ex-namorado. Esse garoto que faz escolhas de vida baseado na busca eterna por um relacionamento. Esse garoto que não consegue deixar as coisas para trás. Esse garoto recalcado, invejoso ou cheio de mágoa.

Obviamente às vezes eu fui isso, eu sou isso, mas não só isso. Não é fácil seguir em frente. Durante todo o tempo em que tenho te escrito essas cartas, tenho tentado olhar para mim, tenho tentado trabalhar com esses sentimentos. Comendo. Escrevendo no blog. Me masturbando. Fazendo sexo casual. Indo à terapia. Ficando com minhas amigas. Saindo com Kalil. Conversando com minha avó. Por mais que alguns dias sejam mais difíceis que outros e a minha ansiedade tire o melhor de mim, eu tenho vivido, e vivendo eu vou me conhecendo.

Então hoje, quando as vi provando vestidos de cores berrantes, percebi que preciso dar um fim a essa história. Essas cartas continuam sendo uma forma menos dolorosa de dizer seu nome, de conversar com você, de reviver o que tivemos. Uma forma de me despedir de nós.

Eu precisava de um final de verdade. E esse final de verdade veio há duas horas, quando embrulhei um presente para vocês. O segundo álbum do Bleachers, que comprei naquela tarde cinza ao lado de Kalil. Um presente que carrega um bilhete dizendo: "Boa sorte e obrigado."

E é a verdade, espero que você não interprete como sarcasmo. Eu preciso te agradecer porque foi só depois de você me bagunçar e sair da minha vida que eu pude realmente saber quem sou, saber o que eu quero e para onde vou, e por mais que as respostas não venham fáceis e embrulhadas em belos pacotes de presente como nos filmes a que tanto assisto, elas se mostraram e estão se mostrando para mim das formas mais inusitadas.

Então, obrigado, obrigado por limpar o caminho para que eu possa viver, com todo o caos e maravilha que o viver implica.

Sem você, eu aprendi algo que pode soar óbvio, mas que só agora entendo: eu vou ser sempre eu. Vou ser sempre só eu. Não importa o que eu faça, não importa o quanto eu me misture com você, com Kalil ou com Daniel. Não importa que eu me afunde na cama vendo *Drag Race* e odiando senhoras de idade por semanas. Não importa que eu vá para a África do Sul realizar meus sonhos. Não adianta que eu resmungue, grite, fique emburrado ou faça pirraça. Eu vou continuar sendo eu. Essa é a única verdade imutável da minha vida.

Sendo assim, só posso ter a pretensão de cuidar e controlar as coisas que acontecem nessa minha cabeça. Não posso e não consigo controlar nada nem ninguém além da maré que existe em mim. Preciso olhar pra mim, e isso finalmente significa deixar para trás a memória e a ideia de nós. Não há momento melhor para isso do que às vésperas de testemunhar a sua união com outra pessoa. Eu não preciso mais passar por isso.

152

Então quando eu escrevi aquele bilhete e deixei sob o embrulho no quarto das minhas mães, percebi que eu estava inconscientemente carregando algo que venho procurando por todo esse tempo, mas que, no desespero em que me via sozinho, pensei que nunca fosse encontrar. Eu percebi que estava livre. Estou livre.

Pelo menos por hoje, pelo menos por agora.

Rio de Janeiro,
30 de junho de 2018

Quero assistir ao sol nascer
Ver as águas dos rios correr
Ouvir os pássaros cantar
Eu quero nascer
Quero viver

"Preciso me encontrar" — Cartola

Querido ex,

É chegado seu grande dia.

A vida na minha casa despertou cedo. Fui acordado com os barulhos de saltos, conversas animadas e cheiros invasivos de produtos capilares e perfumes adocicados. Minhas mães se emperiquitavam como se prestes a ir para o Met Gala, tagarelando sem parar com a maquiadora, Bruna, uma moça alta com um black extremamente geométrico que parecia saída das passarelas ou de um editorial da *Vogue*. Até dona Abigail entrou naquele samba, se arrumando com um de seus mais caros terninhos e um penteado de drag queen. Seus convites endereçados a mim serão muito bem aproveitados por ela.

Com todas elas se certificando mais uma vez de que estaria tudo bem comigo, como se a euforia pudesse ser uma ofensa, fiquei falando por minutos, que mais pareceram horas, que estava tudo certo. Elas estavam lindas e tinham que aproveitar. Afinal, você sempre foi um bom genro.

Antes de eu sair em direção ao apartamento de Kalil, as três vieram até mim, com cabelos ainda pendurados em coques e maquiagem ainda por terminar, e me abraçaram. Naquele sufoco de cheiros florais fortes e braços flácidos, meus olhos se encheram de água. O mundo estava naquele abraço.

Kalil chegava da sua corrida de sábado. Como sabia o que esse 30 de junho significava, fez uma programação completa para nós dois. Passamos toda a tarde cozinhando. Ou melhor, ele cozinhava, enquanto eu o observava cortar habilmente as postas de salmão, picar os alhos e as cebolas e depois cobrir aquela carne dourada com uma folha de papel-alumínio. Enquanto esperávamos os 25 minutos do cozimento, pontualmente cronometrados por ele, nos dedicamos a saborear um vinho que para ele tinha notas de cítrico, abacaxi e floral, mas que para mim só causava aquela sensação de estranhamento ácido no fundo da boca.

Arrumamos a mesa entre beijos e carinhos e, quando nos sentamos frente à janela, com a luz do sol incidindo sobre aquela mesa, eu agradeci. Fiz um agradecimento para alguém, em algum lugar. Talvez eu não precisasse de um casamento milionário, talvez eu não precisasse de mais de cinco milhões de seguidores, talvez eu só precisasse daquilo. Um lugar tranquilo, um cheiro de casa e uma pessoa especial.

Depois do almoço tive que controlar os meus impulsos para não compartilhar a cama com ele e me postei em frente à bancada. Com uma foto do Warhol me encarando, desatei a fazer os exercícios de Macroeconomia. Tenho a prova final na segunda que vem e preciso conseguir meus 8,8 pontos. Nada vai ficar entre mim e a África do Sul.

Duas horas depois e um Kalil adormecido na cama atrás de mim, me deitei ao lado dele e fiquei observando aquela figura perfeita dormir. Os olhos apertados, a boca aberta, o corpo encolhido no formato de concha, como o de um bebê. Eu queria ter aquela visão todos os dias. Eu queria acordar ao lado dele e admirar aquele rosto adormecido até os olhos abrirem por todo o tempo que me fosse permitido.

Acordei com Kalil arrumado, a mesma calça jeans e camisa branca sobrepujada por um paletó que ele havia usado na festa dos ex-namorados. Entrei na brincadeira. Tomei banho e botei a camisa floral do dia do nosso primeiro encontro, aquela que ainda estou pagando no cartão.

Ele não me disse para onde íamos. Entrei no seu carro e fomos berrando as músicas do CD dos Bleachers por todo o caminho. Até depois da morte, Daniel continua enfeitando os meus dias e noites.

Finalmente chegamos. O bar na praça São Salvador do nosso primeiro encontro. Eu me permiti não pensar em nada e só o acompanhei.

Já era noite. Será que você já havia dito o esperado "Eu aceito"? Será que vocês já haviam compartilhado o primeiro beijo como dois homens casados? Será que Abigail já estava bêbada ou dançando grudada com algum novinho? Kalil ao meu lado falava sem parar, mas a minha mente estava em outro lugar. Eu te disse, também ainda não me entendo.

Tudo aconteceu muito rápido e estranhamente. Um garçom se aproximou e me entregou um buque de girassóis. "Don't Take the Money", minha música com Daniel que acabara virando minha música com Kalil, começou a tocar amplificada por todo o bar. As pessoas nas mesas se inclinavam na nossa direção. Todos queriam olhar para nós. Kalil havia se ajoelhado na minha frente, tirando uma caixinha preta do bolso e disse:

— Você aceita namorar comigo?

Eu não soube o que fazer. Apesar de ter olhado para o seu casamento e tudo que veio antes dele com um misto de repulsa, inveja e admiração, eu não queria o mesmo para mim. E ali, na frente de todos aqueles olhares, palmas e gritos de "aceita" eu não soube o que fazer, meu corpo não soube como reagir. Eu queria me afundar na cadeira. Esconder minha cara. Sair correndo.

Respirei fundo, olhei nos olhos de Kalil, que ainda me olhava, ajoelhado e com um sorriso enorme no rosto, e disse:

— Podemos conversar em outro lugar?

Ele murchou. As pessoas ao redor, percebendo que aquela situação não ia se converter em uma cena de novela, voltaram a atenção para as suas pints de cerveja e para seus próprios assuntos.

Kalil voltou a sentar e eu me sentia uma figura estúpida equilibrando aquelas flores e aquela caixinha com um anel de compromisso. Insisti para voltar para casa, mas ele disse que queria continuar ali, que não ia sair até eu dizer o que estava acontecendo. Meus olhos estagnaram com uma raiva surpresa da súbita mudança de tom dele.

Seus olhos estavam marejados, e ele começou a jogar em mim um sem-número de perguntas, sem que eu conseguisse responder nenhuma. "Você tá saindo com outra pessoa? Você ainda gosta dele, não é? Depois de tudo que ele te fez, você gosta dele, não gosta?! Olha pra mim! O que eu fiz de errado? O que mais eu preciso fazer para você ver que eu te amo? Você tá me ouvindo?! Eu te amo! Olha para mim! Você ainda não percebeu que eu não sou ele? Que eu só quero cuidar de você? QUE EU QUERO TE FAZER FELIZ! Olha para mim!"

As pessoas haviam voltado a observar, ele não parava de falar naquele tom de raiva encorpada com choro.

Eu só conseguia olhar para baixo, encarando minhas próprias pernas. Por mais que meu coração pedisse por ele e pela doçura que trazia para a minha vida, eu não podia entrar em outro relacionamento. Não podia assumir um compromisso meses antes de me mudar para outro continente por seis meses. Na minha frente, Kalil continuava clamando por uma resposta que meus lábios não conseguiam dar.

Eu desliguei. Não sei quanto tempo passou, mas quando levantei a cabeça, Kalil já não estava lá. Seu carro havia sumido também, assim como o buquê e o anel. Ele havia ido embora, deixando no bar a conta paga e meu corpo retesado na cadeira. Sem olhar para os lados, saí dali.

No caminho para o ponto de ônibus, lá estava. O bicicletário laranja onde eu e Kalil havíamos alugado as bicicletas para nossa primeira aventura juntos um mês antes. Em um impulso, peguei uma e, sozinho, no meio da noite, comecei a pedalar sem rumo.

E enquanto o vento gelado da noite batia na minha pele, levando as lágrimas que saíam pelos meus olhos, fui tomado mais uma vez por aquela tão rara sensação de liberdade. Uma esquisita e voraz alegria.

O mundo era meu. O mundo era só meu. Meu para fazer o que quiser. Meu para que eu desse o rumo que eu bem entendia para a minha vida, para a minha história. Foda-se Kalil. Foda-se você. Ali estava eu, sozinho, em uma bicicleta, na madrugada da cidade mais mágica do mundo inteiro, capaz de tomar a rota que eu quisesse, parar e seguir na hora que eu bem entendesse.

E aquele choro virou um riso, que virou uma gargalhada, que virou um grito de empolgação, de euforia, de liberdade. Os pássaros cantavam, a madrugada me cobria. Quando dei por mim, estava na praia. Encostei a bicicleta e corri até a areia. Ali, o nada era meu companheiro. Me deitei no colchão de areia do mar que me circundava. Coloquei os fones de ouvido. Liguei o modo aleatório e tocou uma música do Cartola.

Enquanto a cidade ao meu redor ganhava vida ao despertar, eu olhava o sol nascer e ouvia o barulho das águas na minha frente, das famílias que chegavam e dos sons dos carros na avenida atrás de mim. Uma sinfonia da cidade que eu nunca tinha ouvido antes.

Deixei o sol me cobrir por inteiro. O lençol da minha cama de areia, me cobrindo lenta e depois rapidamente, primeiro os dedos dos pés, depois canelas, coxas, barriga e, então, todo o meu rosto.

Fechei os olhos e fiquei ali. Só fiquei ali.

São Paulo,
15 de julho de 2022

> *Caberá ao nosso amor o eterno ou o não dá*
> *Pode ser cruel a eternidade*
> *Eu ando em frente por sentir vontade*

"Janta" — Marcelo Camelo e Mallu Magalhães

Querido ex,

Finalmente é chegada a hora, mesmo que já demasiadamente tardia, de lhe dar uma resposta. Hoje escrevo esta carta da mesma forma que imagino que você tenha feito tantos anos atrás. Estou sentado na cabeceira do meu escritório, com os papéis amarelados com sua caligrafia delicada ao meu redor, fragmentos seus que eu gostaria de poder juntar e, em um passe de mágica, transformá-los em você.

Se ainda estivesse aqui, conversaríamos sobre tudo que passou. Abordaríamos as cartas, a traição, minha participação naquele infame programa, meu casamento que viria a se mostrar falido, e eu poderia te dizer aquilo que deveria ter dito cinco anos atrás: eu nunca deixei de sentir saudades de você.

Enquanto debulho essas palavras no papel, o relógio bate meia-noite. O dia está aqui. Faz quatro anos da data em que você foi brutalmente levado desse planeta. Uma violência bárbara que marca nosso status de subalternidade por apresentarmos nosso desejo de forma divergente ao normatizado pela sociedade homotransfóbica em que vivemos. Mais um número na infinidade de crimes cometidos contra pessoas homossexuais neste país que continua sendo o que mais ceifa vidas LGBTQ+ no mundo inteiro.

Mas me nego a viver em um mundo que reduz toda a sua vida, toda a sua história a um número. Mesmo que nosso presidente, esse ex-militar da reserva que praticamente instaurou um regime semiditatorial na nossa outrora democracia tenha se negado a comentar a sua morte, afirmando ser só mais uma consequência da violência no Rio de Janeiro, nós sabíamos que não era. E nós nos mobilizamos; suas mães, eu, seus amigos e seu quase ex-namorado, e foi através desses esforços de honrar sua memória e de lembrar sua história que conseguimos publicar, há três anos, a primeira edição do Querido ex, (título que deram na tentativa de refletir o tom irreverente tão característico da sua escrita e da sua postura com a vida).

Independentemente de onde esteja nos observando, acho que por ora você sabe que sua história transformou muitas vidas. Acredito que a primeira delas tenha sido a minha. A notícia de que você se foi chegou até mim dias após a celebração do meu casamento. Uma nota no jornal mostrava seu corpo. Liguei para suas mães e tentei fazer tudo que estava ao meu alcance para que o processo fosse o menos doloroso possível. Não era muito, nada que pudesse amenizar o luto que elas ainda carregam em si, mas era o mínimo que eu poderia fazer.

Um dia antes do seu enterro eu fui até a sua casa. Lá, suas mães me entregaram uma caixa, onde encontrei um amontoado de cartas. Todas seladas em envelopes brancos, carregando *na face meu nome e endereço. Haviam encontrado a caixa no seu armário enquanto separavam roupas, livros e objetos seus que pudessem ser de alguma valia para outros. Uma caixa com cartas que nunca foram enviadas para o seu destino. Mas o destino as trouxe até mim.*

Foram dias e noites devorando-as, rindo, chorando e refletindo com a sua memória. O impacto de palavras com tamanho poder, eu não sou capaz de mensurar, mas você mudou completamente a minha vida, me permitindo rever aspectos do meu caráter, da minha história e até do meu casamento que naquele momento eu não era capaz de perceber.

Foi somente através das suas cartas que me tornei capaz de identificar falhas e questões para as quais eu havia me tornado cego naquele momento de júbilo irrestrito, trazido por uma fama tão passageira quanto aquele amor exagerado e extremamente comercial que veio depois de você.

É por isso que venho publicamente lhe agradecer e me desculpar. Agradecer-lhe por ter sido o verdadeiro amor da minha vida, por ter resistido e existido ao meu lado, mesmo nos momentos em que eu lhe apresentava somente a minha face mais odiosa.

E me desculpar pela minha cegueira, pelas vezes em que, na minha ignorância do passado, agi como um namorado abusivo, alguém distante do que você realmente merecia.

Foi com essa percepção que concluí que, se sua história tinha sido capaz de transformar a mim, ela poderia transformar também todo um país. Ela poderia transformar todo um mundo.

Para surpresa de muitos, a primeira edição do seu livro póstumo, publicada lá em 2019, alcançou mais de um milhão de leitores. E gosto de pensar que você ficaria extremamente feliz em saber que parte do lucro foi direcionado para a Resista!, instituição que suas mães criaram para que crimes tão brutais como aquele que fora cometido contra você possam vir a ser cada vez menos recorrentes.

Por isso, nessa edição comemorativa da publicação da compilação das suas cartas, eu venho lhe dizer que tudo que tenho feito desde então é em prol de uma honraria a sua imagem. E, seguindo esse legado, esse comprometimento com a sua memória, outrora particular, mas agora pública, que anuncio a minha candidatura à Câmara Estadual dos Deputados neste ano de 2022.

Quero representar você, quero honrar a sua história.

E que você, leitor, possa usar essa experiência para o melhor, assim como eu fiz.

Que os meninos, meninas, pessoas sem gênero, pais, mães, amigos e avós que tiveram contato com esta obra possam encontrar forças para transformar suas vidas, tanto através da indignação com esse crime tão cruel que há anos parou o Brasil, quanto através da inspiração nessa história de vida interrompida, uma história repleta de alegria, luz e potência. Que esse livro possa plantar em vocês uma semente. Espero que ela germine e lhe traga como frutos o entendimento de que você é a mudança que você quer ver no mundo, uma mudança que pode começar com algo tão simples como um voto.

Obrigado, querido ex, por ainda ser o combustível que move a minha vida e a minha militância. Que sua alma tenha encontrado descanso e paz. Saiba que todos os dias eu rezo para que você esteja aí em cima feliz, ao lado de Daniel.

Do seu eterno,

Querido ex.

Não perca o próximo livro do universo de *Querido ex*

Lisboa,
13 de dezembro de 2025

Everything's in order in a black hole
Nothing seems as pretty as the past though
That Bloody Mary's lacking in Tabasco
Remember when he used to be a rascal?

"Fluorescent Adolescent" — Arctic Monkeys

Querido leitor,

Não me importam os motivos que te fizeram abrir este livro, o importante é que você o fez. Talvez por ter ouvido o meu nome cuspido pela boca de um repórter na televisão; por um youtuber que se considera capacitado para falar sobre "relacionamentos abusivos" *ou em uma #canceledparty nas redes sociais; talvez pelo ódio decorrente de algumas das verdades ou mentiras que espalharam sobre mim ou, talvez, pelo sadismo possibilitado pela* "espiadinha" *na miséria da vida alheia.*

Ou, quem sabe, você só seja mesmo mais um millennial *desocupado, sem nada melhor para fazer do que ler sobre a vida de um ex participante de reality show, para depois reclamar que meu livro é cultura inútil e a razão pela qual a literatura contemporânea brasileira está tão falida quanto a minha carreira.*

De qualquer forma, você está aqui, então seja bem-vindo! Até aqueles que estão atravessando essas páginas com o intuito de distorcer as minhas palavras e seguir bradando pelas redes sociais que eu deveria estar morto ou preso, você também é de casa. Nada de cerimônias, viu?

Acomode-se!

Vamos!

Tire os sapatos, estale os dedos, beba uma água e fique aqui. Eu tenho muito para contar e me regozijo ao perceber que, seja lá por qual escusa ou nobre motivação, você queira ler.

Vale ressaltar que estou ciente de que não alcançarei tantos de vocês como Ele alcançou (sim, Ele, meu ex-namorado, aquele cujo nome não pode ser registrado. Dessa forma, quando lerem "Ele", saberão de quem eu estou falando).

Chega a ser irônico não poder mencioná-lo. Vocês não acham? Não consigo prender o riso ao lembrar que, há alguns anos, o nome a não ser falado era o meu.

Mas não há como negar que Ele tornou-se mais famoso do que um dia já fui. Meu ego ainda não me deixou delusional. A narrativa de uma biografia como essa não tem chances contra um best-seller, uma série documental em uma plataforma de streaming e todos os derivados que, em demasia, exploraram os eventos retratados neste livro. O que posso fazer se o espetáculo da tragédia vende mais do que o retrato da verdade?

Eu também sei que a versão dos acontecimentos que se popularizou com a chancela da suposta e exclusiva verdade, muito em decorrência de minha própria ação, outrora conduzida pela gana de fazer a manutenção daquele lugar sob os holofotes, dificilmente será alterada. Sim, isso foi um mea culpa. Como você irá perceber, esta história está recheada deles.

Logo, você, querido leitor, é o que me basta. Já não tenho nada a perder.

Quando me entoquei aqui em Portugal, não me faltou tempo para reflexão. Longe dos holofotes, longe de tudo que me era familiar, eu pude retraçar a minha história de vida, a história dos 33 anos que criaram quem eu sou.

Relendo as cartas originais do livro, uma pergunta me assombrava: aquilo tudo era verdade? Os acontecimentos que levaram ao fim do mais importante dos meus relacionamentos se deram exatamente da forma como registrados naquelas cartas?

Sim, era verdade. Era a verdade dele. Alguns pontos eram também a minha verdade.

Mas seriam as nossas verdades completamente convergentes? Eu realmente fui o homem pintado ali? Eu ainda sou ele?

Quando assinei o epílogo da última edição do livro, não havia dúvidas, nem para vocês nem para mim, de que eu era. Eu era aquilo e tudo mais. Abusador, oportunista, golpista, maldito. Inocente, acreditei que eu poderia me redimir, que, assumindo os erros, eu teria uma segunda chance.

Não existem segundas chances.

Perdi meu trabalho, fui expulso do meu partido político e terminei meu casamento. É um texto vitimista, eu sei, mas acredite quando eu digo que não me vejo como uma.

Afinal, vocês estavam certos. Eu merecia. Eu era aquilo, eu era o ex das cartas. Então o que fazer quando nem mesmo você duvida da sua essência maldita?

Os anos se passaram e, como todo bom trending topic*, o assunto esfriou. A morte do meu ex-namorado virou só mais uma morte. Com medo da violência impressa nas ameaças cons-*

tantes de fãs póstumos do Ele, me vi escondido nesse bucólico fim de mundo, jurando para mim mesmo que não falaria nada.

Até agora.

Pois agora, quando o meu cancelamento, apesar de cristalizado, já não é tão lembrado; quando algumas cicatrizes se fecharam e quando eu consigo olhar no espelho sem detestar, na medida do possível, o que eu vejo, eu estou pronto para contar a minha verdade, a minha história.

Não sou monstro nem sou vítima. Sou alguém no meio disso.

Nas próximas páginas, você vai encontrar o meu olhar sobre a jornada da minha vida e cabe ressaltar que será sim um vislumbre enviesado. A reconstrução dos fatos pelo próprio protagonista desses não tem como ser um reflexo exato do que aconteceu.

Além disso, a reprodução dos diálogos e das situações que considerei simbólicas dessa minha jornada tem como fonte exclusiva a minha memória. Então, por favor, desconfiem de tudo que lerem aqui. Se preferirem, encarem como ficção. O faz de conta também carrega as suas verdades.

Por último, quero avisar que este projeto faz parte desta narrativa, mas este não é um livro sobre ele. Este é um livro sobre mim, e, para isso, acho importante que você não se esqueça do meu nome.

Eu não sou o querido ex, eu não sou o maldito ex.

Eu sou o Tiago e essa é a minha história.

Agradecimentos

Queridos leitores, editores, amigos, parceiros...

É uma loucura pensar que este livro está em sua terceira vida, então me permitam fazer uma breve linha do tempo deste jovem livro.

Ele nasceu como um e-book independente, lá em outubro de 2018. Eu não sabia nada sobre mercado editorial ou sobre como publicar um livro, não sabia nada além do fato de que eu tinha uma história e queria contá-la para o maior número possível de pessoas. A segunda vida tomou forma no lançamento do livro físico pela editora Transversal, e deixo aqui minha gratidão pelo trabalho das editoras Flávia Iriarte e Andressa Tabaczsinki, que me deram uma chance e seguem promovendo novos autores. E agora, finalmente, ele renasce pela Galera Record, que me acolheu da forma mais sensível e animadora possível.

Minha lista de agradecimentos é maior que a de ex-namorados da Taylor Swift, vocês já estão avisados.

Um livro é um trabalho coletivo. Se um livro de um autor desconhecido, preto e veado chegou até você através de uma editora como a Galera, tenha certeza de que foi graças a uma incrível rede de apoio. Então, vamos lá.

Sem Georgete eu não teria feito nada, absolutamente NADA, na minha vida. Vó, você é a minha maior inspiração e ver a senhora no auge dos seus 76 anos indo todos os dias para a escola e realizando o seu sonho de aprender a ler é a coisa mais linda e inspiradora que eu vou testemunhar enquanto viver. Saber que você vai conseguir juntar essas letras e com elas montar uma palavra; que vai juntar as palavras e delas formar uma frase; que vai juntar as frases e delas formar um parágrafo; enche meu coração de euforia, então esta frase aqui é toda para você: EU TE AMO MAIS QUE TUDO.

Rosimery, Osvaldo e Luciana são outros grandes responsáveis pela existência deste livro. Vocês três acreditam e me apoiam de forma incondicional, mesmo com os obstáculos do dia a dia, mesmo com as dificuldades, vocês sempre fazem o possível e impossível para que eu possa realizar todos os meus sonhos. Quando eu não tenho fé, é com a de vocês que eu vou.

Eu PRECISO também agradecer ao anjo colorido chamado Rafaella Machado. Obrigado por fazer a diferença, por acreditar em mim e por entender a relevância da diversidade no importante espaço que você ocupa. Pessoas como você mudam o mundo e eu não precisei pensar duas vezes para ter certeza de que a Galera Record é a casa onde eu deveria estar. Bastou aquele sorriso emoldurado por um batom estiloso em um café no Centro da cidade. Obrigado também a todas e todos que colaboraram direta ou indiretamente com o livro, em especial Luiza Miranda, Everson e Marcela Ramos!

Este livro nunca, mas nunca, teria ficado popular sem a ajuda dos meus melhores amigos. Vocês viraram embaixadores do livro e eu amo muito vocês. Lorrayne Gouvea, Júlia Borges, Ágatha Barbosa, Kelly Liu, Mayara Baiao, Pedro Toth, Bruno Raposo (obrigado por me emprestar seu nome), Lany, Elton, Alberto, Akemi e Carolina Paciência. Fosse comprando dezenas de exemplares, fazendo artes primorosas sem cobrar nenhum real, falando do livro pra todo mundo e até mesmo DANDO MATCH NO TINDER SOMENTE PARA PROMOVER O LIVRO. Vocês fizeram esse barro acontecer! Me desculpem pelos vácuos no WhatsApp, pela eventual negligência com os rolês e não esqueçam que eu amo, mesmo, cada um de vocês.

Agora estou falando diretamente com você, Igor Verde. Obrigado por acreditar em histórias, obrigado por acreditar em mim, obrigado por acreditar que eu poderia viver contando histórias. Uma vez você me disse que o amor é da ordem do indizível. Eu discordo, então vou deixar dito aqui: eu amo você.

Daniel Lameira, muito obrigado por todas as dicas sobre como escrever e-mails profissionais e pelas mensagens de incentivo. Ana Scudieri, não duvide nunca de que você é da família. Juliana Catalão, obrigado por ter me mostrado os caminhos e me ajudado quando eu estava perdido. Taylor Swift, obrigado por existir.

Não posso esquecer nunca de agradecer a todas as páginas de incentivo à leitura nacional que acreditaram nesse projeto e divulgaram a minha história com toda a gentileza do mundo. Maria Freitas, do Cadê LGBT, a equipe do Sem Spoiler, o Felipe, do Eu Leio LGBT, o Deko, do Primeira Orelha, o Pedro, do Cais da Leitura, e todos os outros que sempre caminharam ao meu lado.

Nem este livro nem a minha vida como escritor existiriam sem o trabalho profissional, atencioso e dedicado de Luciana Patricia. Seja cuidando de todos os detalhes das ações de divulgação ou me ajudando em cada momento de surto ou bloqueio criativo, você é muito mais do que uma gerente de carreira, você é a gerente da minha vida.

173

Deixo também toda a minha gratidão para os jovens autores nacionais que pavimentaram o caminho e assim possibilitaram que este livro fosse publicado, dando a cara a tapa e metendo o pé na porta desse mercado editorial ainda conservador: Marta Vasconcellos, Thati Machado, Vinicius Grossos, Ray Tavares, Elayne Baeta, Clara Alves, Amanda Condasi e Paula Prata.

Finalmente, obrigado a cada leitor e leitora. As mensagens, os tweets e as imagens que vocês fazem são a maior recompensa que eu poderia ter. Foram vocês que tornaram essa história especial, vocês que fizeram ela chegar até aqui. Vocês realizaram o meu sonho.

Obrigado.

Este livro foi composto na tipografia
Bembo Std, em corpo 11,5/16, e impresso em
papel off-white no Sistema Cameron da
Divisão Gráfica da Distribuidora Record.